北窗下

張秀亞——著

三民書局

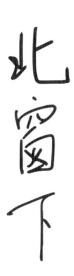

代序

母親手中的筆——尋覓美之最高境界

于德蘭

回憶母親，她坐在「北窗下」的圈椅中，那伏案認真寫作的身影，至今我仍難以忘懷。

母親曾形容她的窗外：「那片亮麗如景泰藍的天空，那道日影，那疊清蔭，形成一片妙境。」她寫大自然的一花、一葉，山光雲影、明月星光、湖水，小孩的童稚及可愛的人物，還有親子、兄弟、友朋之間的愛，以及淡而有韻味的愛情故事……。

她以一些意象、幻思邂逅，許多憶念及想像融合生活現況綴出夢之綠原，形成一篇又一篇流暢動人的散文，小說及詩……，她將讀者帶入一澄明的湖邊展卷，母親自詡為美之境界的拾荒者。

母親由初中時即開始向各大報投稿，一生近七十年的創作文學生涯。她純真有赤子之心，用字典雅、雋妙、生動，有哲思及詩情；她全心全力投入寫作，有自己的作品風格；她寫出的每篇文章都是審慎幾讀通過才寄出，說她寫出的字字句句都是嘔心泣血之作也不為過。母親文章得到廣大讀者喜愛及反響，是她一生最快樂的事。

名詩人、名編輯瘂弦先生說：「張秀亞以不到三十歲的年紀將美文這支火把帶到臺灣，四、五十年代創造了文學史上空前未有的女作家活躍時代，張秀亞在那個時代有引領的作用，為燃燈者。沒有張秀亞，美文不會出現也不會有年輕的美文作家。她是承先啟後的推手。」他並說：「張秀亞每篇文章都可入教科書中。她是真正的美文大師。」

因母親的作品不但可提升讀者美的心靈境界，亦給予失望的人力量及帶來希望，她以文字鋪陳出的是一塊沒有任何汙染的文學淨土。

現今世界變了，即使人心也變了，但真理不會變，值得一讀再讀的好的文學作品，更是亙古常新不變的。

母親曾說：「每一位藝術家的生命是一支歌。」母親一生用心以文字為讀者們唱出了優美動人的歌……。無論在任何世代，希望細心的讀者們都感受到這些美文的芬芳，追求更高的文學境界，體會到生命的真諦，每位心中也唱得出一首好歌，使人間更為可愛美好！

寫在第二十版前面

前幾天接到光啟出版社的通知，《北窗下》就要印行第二十版了，並問我要不要在書前寫幾句話。

我拿起筆來，不禁猶豫，我要在紙上寫出我的感謝、歡懷，與惶悚，當然，這些也許是在紙上永寫不完全的。

我要將一份濃重的謝意給予我的讀者朋友與出版家，而那一星星歡懷之情，與無限的惶悚之感，則將儲存在我的心底。

猶憶當初接受了《中央日報副刊》主編的盛意囑邀，要我寫一系列散文，逐日在《副刊》上刊載，這新穎的構想，激發了我更濃厚的寫作興趣，在那兩個多月的時光裏，每天中午過後，我就坐在我書房的第二道小城圈中——那把老舊的籐椅中（書室中第一道城圈是繞室的成排低矮書架），呼吸著那棟木屋周遭的花木香息，在那好風時至的北窗之下，靜靜的構思搦管。中部的天氣，晴朗的日子居多，窗前那片亮麗如景泰藍的天空，那道日影，那疊清蔭，形成一片妙境，我的心靈插了想像與聯想的翅翼，如一隻寫意的木葉蝶，撲飛其間。在那裏，我曾無意中和一些幻思、意象邂逅，我更掇拾著自回憶、實際生活，以及想像的枝頭飄落的一花一葉，點綴花光燦爛的夢之綠原，形成了一篇篇的文字，那一時期，我曾自詡為美之境界的拾荒者。

這些篇章，在形式上每篇自成一個單元，各不相屬，但實際上，各篇乃是一篇長文的不同片刻，因為每篇所敘，皆可歸納於一個中心：提高精神生活的境界。

在《北窗下》的第一七五頁，我曾如是寫過：

「幾朵小花，一片綠影，一絲陽光，往往會使我感到最大的快樂！我從來不企望什麼奇妙、高遠的東西，我安於這份庸俗的生活，我只希望能夠達到一個音樂家所說的那種境界——崇高的庸俗。」

崇高的庸俗，乃是我生活及寫作的理想，為了使自己的一枝筆能多多少少走近一些我理想的境界，近年來在用心的閱讀「人生」這部大書而外，我更勤於閱讀書冊，在文學之外，我又開始向藝術的園囿窺探，只為了使自己這枝筆，更多攜帶一點藝術的芳香，在描繪大地的風景線時，更閃爍著一點理想的微光。

在第二十版《北窗下》行將付印的前夕，我絮絮的述說出我在寫作上的回顧以及心靈的誓願，藉以自勉，並謝謝遠近見過面以及未謀面的讀者朋友、出版家，最後，我更要謝謝《中副》的主編先生們，由於他們的鼓勵，使《北窗下》中這一組文字得以寫出，更由於他們的好意評讚，使這惶悚的作者手中的一枝筆，尋找到正確的方向。

民國六十七年元月十五日

《北窗下》十版題記

這本書《北窗下》，竟然十版了，使我又驚詫又喜悅。

平時家居，我愛靜坐冥想，尤其喜歡獨對滿窗白雲，或一窗明月。第一個開鑿窗口的人真是位智者，窗子為人的生活裏增加了多少情趣與新的東西？如果沒有窗子，又怎麼會有那樣的詩句：

明月裝飾了你的窗子。

又怎麼會有教宗若望二十三世的名言：

打開窗子，
讓新鮮的空氣進來。

若有人問我，寫這些篇散文的真意到底在那裏，我簡單的答語是：為前面的兩個名句加一註釋。

值此本書行將十版之際，謹寫幾行，綴於卷首，並向出版家及萬千讀者致深厚的謝意。

民國六十年一月於臺北

第五版的話

四年多以前，我卜居臺中接近郊區的一條深巷裏，庭院寂靜，巷中很少聽到車聲。風起、雨落、鳥鳴、蟲唱，是每日窗外連續演奏的音樂，而星點的閃耀，雲影的推移，月光的隱現，晦明變化，形成了我窗外不同的畫面。我每日靜坐窗前，仔細的諦聽著，觀覽著，這些微細的音響與淡雅的景色引發了我創作的靈焰，那時正好《中央副刊》編輯先生囑稿於我，我遂每天將默坐窗前時心靈的感受記錄下來，我記得「日光之下無新事」這一句名言，但我也記得蒙田所說的：「只要你以新的心境去迎接，每天升起的是一輪新的太陽。」我試著每天以不同的角度，用眼睛去觀覽一切，綴成了這幾十篇短文。

一篇文章能夠有廣度，有深度是最上乘的，而如果取材的範圍較小，我們就得以「深」來彌補廣度的不足，事實上我做到了沒有呢，我只是朝這方面努力而已。

還是那句話，我要謝謝一些曾經相見以及未曾謀面過的讀者朋友們的盛情，文壇先進及一些師友們的鼓勵，更謝謝出版家的賜助。

這篇短文才寫好，消息傳來，中山學術文化基金董事會決定以今年度的散文獎授予《北窗下》的作者，驚喜交集，感愧有加，我知道這個榮譽之來，純屬僥倖，容我再低頭努力學寫，以不負社會上各方面的鼓勵！

民國五十五年十一月十日

三版題記

此刻，我坐在北窗之下來寫《北窗下》的〈三版題記〉，窗門半啟，微涼的西風正起自窗外的樹梢，在這亞熱帶的秋天，竟也能看到幾片落葉了。去年此時，這本書剛剛出版，到今日整整一年，這本書竟然出乎我的意料之外，得到廣大讀者的愛好，這在我確是極大的鼓勵，同時，我也明白了我今後應遵循的寫作路線，我願意繼續的寫下去，自我的心靈深處擷取一片葉，一朵花獻給讀者，更在裝飾著我窗口的一抹微雲上，寫下我對於讀者及出版家的感謝。

民國五十二年秋於臺中

前記

向著北方，我的小屋開著一面窗子，上面掛著天空做的窗幃，色如春水。

坐在窗前，可以望到疏籬外的一切，由這面窗子，我接觸到外面廣闊的世界。

窗外晨昏，是一片多變化的景色，一片飄泊的雲，一縷淡淡的煙，常在那尚未著花的龍眼樹枝葉上，為我講述一個對人生有象徵性的如夢的小故事。

清晨，半敞的窗口，傳來了低沉的鳩鴿鳴喚。午夜，那急促而又格外清晰的火車聲，使我想起了法國羅藹伊夫人的感傷詩句，窗外傳來的各種聲音，引起了我許多的聯想。

每天起來後，探首窗外，我第一眼看到的是兩個可愛的女孩子贈給我的一株小杉樹，上面，還掛著一只聖誕節買來的金色小鈴子，它似乎又搖出了那失去的笑聲，迎接一個新的日子。

在窗下的書桌邊，每日我靜靜的讀我的書，寫我的夢，觀覽著窗前的景色，馳騁我的幻想，但透過那道疏籬，外面的一些景象及聲音，使我忘不掉現實，以及現實中的苦難。

在書頁上，我聽到古詩人的幽嘆，在現實中，我也曾發現那北歐神話一般的悲鬱感人的情節。但我窗口的那片天空，永掛著一道婉孌的長虹，那代表著燦爛美好的理想與希望。

在這一部將近八萬字的小品中，我將寫下我的思緒、我的感喟，描繪下窗內人的心理，及窗外面的晴陰風雨，也許有時似是沒有連貫性和連續性，但細心的讀者不難發現，一根縹緲的細絲在聯繫著它們。

我不預備寫一些大題目，我只願畫出一粒細砂，一片花瓣，一點星光。只要是對人生有啟示性的，我就覺得是值得抒寫的。

在窗內，我掬取靈海中的點滴；自窗外，我擷取一幅人生小景。

目次

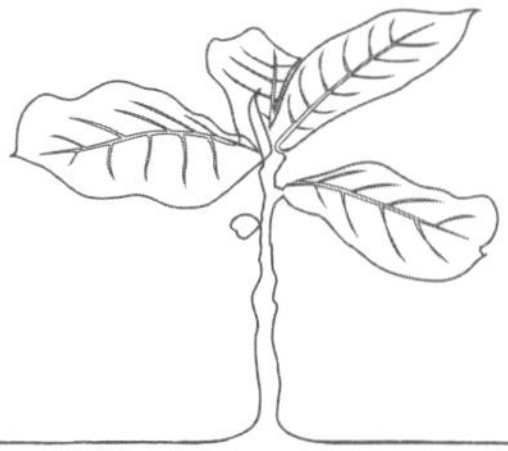

星光

夜深時候，我關上窗子。

室內黝暗，發青的窗玻璃上，透過來一些星光。

原來是昨夕守望著大地入夢的一些天使，又在我的窗前徘徊。

我向著它們張開了睡眼，它們的眼波對大地似充滿了無限的愛意在每一顆星光中，我看到了一張久別的親人的面孔。

每一張面孔，使我回憶起一些往事。

但不久，一張張的面孔隱去了，點點甜蜜的星光，又化作離別時的淚眼。

我默默起立，拉上窗幃，我不願和它們淚眼相對，乃低聲的說：「再

見了！」

不知過了多久，我又被一點亮光喚醒了，窗帷的縫隙處，透進一點光，一顆最頑皮的小星星，又照射進來了。

它像是在低語，

它像是在輕喚，

那一點微藍的光芒，使我聯想起琉璃草上的小花。

它好像在向我說：

「你記得我嗎？」

我張開口，但我呼喚不出它的名字。

半晌，它又似在向我說了：

「你當真忘記了嗎？」

「我當真記不起來。」我歉憾地說。

「再想想看……」星光更亮了，它的微語，像是奇妙的音樂。

呵，這原來是一位女詩人流在詩箋上的一點晶瑩的淚，充滿了同情與愛的眼淚。

黎明

長夜之後，我渴望黎明。

我披衣起坐，屏息諦聽黎明的腳步。

隔著窗子，在一片迷濛的晨霧中，我看到種植玫瑰的小徑上，有一朵火焰在閃爍著，鮮麗有如知更鳥的心胸。

就是這樣一隻知更鳥，唱著無聲的歌曲，自天邊喚來了黎明。

它也將我呼喚窗外去，黎明是靜寂的，但也是有著細碎的音響的。

那些音響，自籬邊、樹下、地面發出來，那是草木抽長的聲音，枝葉歡笑的聲音，花朵展放的聲音，被晨風帶到這裏，又帶到那裏。那聲音時而微弱，時而清晰，透過了掛在簷前的蛛網，上面的露珠乍明乍滅。

在溫馨的微風裏，我悄悄的說：

「我感謝，經過了漫漫的長夜我又醒來了，我感謝這籠罩著世界的晨光，感謝站在這晨光裏的是我。」

空氣鮮潔得如同高山的頂巔，使人聯想起伊甸園中的第一個早晨。籬邊那株才插枝的紫藤花，原來已飛出了兩片葉子，昨天早晨還未曾出現呢。

把玩著那兩片小葉子，我心中充滿了生命的快樂與希冀。

我的心靈好似不再在平地上徘徊了。

它好像也抽長出兩片葉子，這葉子就是我心靈的翅膀。

我的心靈開始飛翔，遠離了一些煩惱、困擾、憂苦，向著遙遠的天邊飛去。

一些瑣屑的微事，已不能再桎梏我，因為我已有了心靈的羽翼。

我要向高一點的地方飛去，歌唱著：

Something higher, something better!

雲

朋友，你也愛雲嗎，你也時常看雲嗎？

那不是一些秋日自蘆塘邊起飛的雁鵝？

那不是緩緩的走向才發青的草原的群羊？

或許是一道亂流急湍，奔赴它不得不去的「終點」？

我愛我的窗子，因為它時時告訴我雲的行蹤，雲的消息。

當雲自窗外飄捲而過時，我常是闔上了書本。

那無字的長卷，分明是一部智慧之書，它告訴了我許多經籍中所無的。

雲有時是一篇曲折的傳奇，有時是一篇華麗的六朝文，有時則是一

首風格簡淨的陶詩。

它有時乘晨風而過，迅疾有如時光的列車，留下縹緲的煙紋，散在遙遠的天邊，駛向不可知的遠方。

它有時在夕暮展現，扁舟容與，輕輕渡過銀河，我似乎聽到那緩緩的打槳聲，水花濺在銀河兩岸，濕了河畔小憩的牧童星的銀笛。

雲是美而輕盈的，當一片雲飄掠過去以後，那一片淨藍的天空，使人想起秋收後的田野，使人憶起高德斯密司的荒村時，使我們想微笑，使我們想哭泣，使我們若有所失，又若有所悟。

你珍惜一段褪色的往事嗎？

你愛一個失去的夢嗎？

你一定會喜愛那一片流雲。

在你快樂的時候多看看雲吧，

雲告訴你：歡樂易逝。

在你悲哀的時候多看看雲吧，

雲告訴你：一切都要過去的。

當一片雲偶然在你的窗外飄過時，不要任它徒然的過去吧，

雲正是一張逼真的照片，攝取的是你的「昨日」。

遠方

我站在窗前，望著在陽光下發白的大地。

我又仰起頭，眼光越過了屋前的丘山，望著極遙遠的地方。

那兒，那遠遠的地方，有著我童年的腳印。

當我是一個孩子的時候，我整天寂寞的坐在我的門檻上，望著村邊的棗樹林。

夏初，棗花盛開，林中變成一片翻騰著青色泡沫的海，空氣中是一片香息。我默默的向海洋注視著，一盞喜悅的小燈，在我的心頭點燃了。

我常常希望能有一日走進那林中。

而母親說我太幼小了，不讓我獨自去，家中也沒有人肯陪伴我去。

是的，那棗樹林在我當時看來是太遠了，我以為那就是世界的盡頭。

當父親出遠門回來，我就以為他是來自那棗樹林中。我希望有一天他能帶我到「那兒」去，但他也說太遠了。我每晚的夢，就是那一片開著青色花的小樹林。

當母親第一次准我到村外時，我就一直的走向那個棗樹林，拾取了不少風落的棗子。

那一天我的心中充滿了喜悅，也充滿了悲哀。我高興走進這個夢中的樹林，但當我站在樹蔭下，向前面望去時，知道前面仍有著遼闊的天地，我不但未曾去過，並且也未曾想到過。

我終於走出那片棗樹林了，我又走過不少陌生的地帶，但是我覺得沒有一個地方比我故鄉中的棗樹林更可愛。

我如今仍在回憶中看到那一片青色的棗林，綴著細碎的星般的小花，細小的果實，搖曳在晨曦之中。

我希望有一天回到了那座老屋，打開了窗子，向你指點著：

「看，多美的一片棗林！」

生命的頌歌

向著藍色的天空，我要唱一支生命之歌。

生命是一個奇蹟，一個愛的奇蹟。

當初，造物主憑了自己無限的愛，塑造了人，不論我們相信不相信這種說法，我們卻無法否認一個事實：一個人自入世的那一剎那，心頭便點燃著那一點愛的靈焰，因而終生有著愛人（人類）與被人愛的要求。

這一點愛焰，有時如一枝燭光，搖曳在風雨中，明明滅滅，但終不會全熄。

就憑了這一點愛心，人們才開始了無窮的創造。一個藝術家，他的心中如不是燃燒著愛焰，他的創造生命，就不會放射出璀燦的火花。

也許他在人間受盡了凌虐、苦辱；也許他一生沉浸在悲鬱孤苦之中，但他的心中對人類的熱愛與悲憫，永遠不會枯竭。

義大利的藝術家米開朗基羅是一個例子，他的生命中，沒有休息，沒有娛樂，也沒有一絲慰藉，只有藝術是照耀在他生活中的一顆大星。「藝術的本原在仁愛」，他致力於藝術工作的動機，就是對人類的愛，不然他不會畫出那麼多充滿讚美、愛與悲憫情緒的畫幅：「人之出生」、「洪水」。

每一個藝術家的生命是一支歌，一支優美而動人的歌。

他們何嘗不知道人的缺點，但他們有意的渾忘了這一切，只看到那世俗的塵埃掩蔽不住的、每個人心靈深處的愛與善良。他們是為了一個對象而熱切的從事藝術工作，那對象不是一個人或一群人，而是整個的全人類。

為此，他的作品中，閃發出美麗的愛的輝光。

就因為有這輝光的照耀，人類才度過了歷史上無數黑暗的甬道。

讓我們用全力來唱一支生命的頌歌。讓我們讚美人生那神聖莊嚴，美的一面。

玫瑰園

曾經有一個朋友寫信來說，她近日開闢了一個小小的園子，其中遍植玫瑰。

我曾經到她的住處去看她，但屋前屋後，並不見一朵玫瑰的蹤影。在她的案頭瓶中，在她的髮鬢上，我也未曾看見那樣的花朵。

但是她卻仍然笑著對我說：

「我是一座玫瑰園的主人。」

我默默的望著她，我弄不清楚她的意思，我以驚詫的目光在詢問著她。

她說：「我常常希望有一塊園地，其中遍植芳香的玫瑰，但幾次試

種，都失敗了，因為院中的土地太荒瘠了，植上許多株各種的玫瑰，都枯萎了。」

我問她：

「那麼你為什麼自稱為玫瑰園主呢？」

她笑了：

「我並未失望，我只是改換了種植的地方。我忘記了我的方寸之間，還有一片沃土，我就在其中種上我心愛的玫瑰。」

我默默的望著她，我實在不明白她的意思。

我回來後不久，聽到許多人稱道那位朋友的仁愛、寬厚，以及一些其他的美德。

他們說她對人永遠充滿了善意與同情，她從不以言語或行事來傷害別人，對於愛她的及恨她的人都是一樣的樂意幫助。

人們說，她的微笑如一片晨光，言語如一支頌歌，她的心中，有著愛的玫瑰在開放。

我又去看她，見她的面頰紅潤，神態祥和，她那顆充滿了仁愛的心，使她的居室洋溢著玫瑰花的芳馨。

「你的案頭瓶中沒有玫瑰花，你的鬢邊也沒有，但我如今才知道，你真正是玫瑰園的主人，天上來的甘露，在滋潤著那些花朵。」我衷心的讚美著她。

春的蹤跡

儘管我由日曆上知道：春天早就該來了，但我不知道春在那裏。天氣仍帶點輕寒，好像和前幾個月沒有什麼兩樣。我曾摘下一片番石榴的葉子，向它探詢春天的消息，它的顏色似乎並未加深，而那些顫搖在風中的槿花好像也並未增加朵數。

我默默的向自己說：

「我不知道春天在那裏。」

於是，我又在窗前坐了下來，打開一本書，想去尋找那些藏放在書頁中的，由詩人們美妙的字句製成的春天。

驀的我聽到門外一陣喧嚷的聲音，像是一隻手在亂撫著琴鍵。隔了

疏籬的縫隙，我看到了一些著了國民學校制服的矮小身影晃動著。他們像是一些熱帶的小黑蜂般歡欣，大聲的嚷著、笑著。

我出去，看到這些孩子蹲坐在籬邊的濕地上，一片槿花的蔭影遮覆著他們蓄著短髮的小頭，同綴著汗珠的前額。我問他們：

「你們是要進來嗎？」

「不，我們只是要在這裏喝點水，我們才跟著老師到南屯作春季旅行回來，我們覺得又累又熱。」其中一個年紀較大的，約有八九歲光景的黧黑面龐的男孩說。他說著就拔開了掛在身上的水瓶塞子，其餘的小同伴們，也都學著他的樣，舉起了水瓶。那神情十分可愛，也十分有趣。

我悄悄的退了回來，虛掩住了竹扉，我很後悔出來打擾這批年輕的過客。

「嘻，水好甜！」一個稚弱的聲音自後面傳來了。

「是你媽媽給你裝的汽水吧！」他們的笑聲，與他們飲水的咕嚕聲混合在一起。

我在窗前展開紙，寫上一個題目：「春在那裏？」

當我還未在紙上寫出一個字來時，門外又響起一陣沙沙的腳步聲，孩子們來了又走了。門外濕地上，散亂的放著一些被他們忘下的杜鵑花，我恍然：春天已經來過了。

一枝新綠

一連幾天都在落雨，天氣變得較為寒冷了，我將門窗都關閉起來，開始繕寫我那一部文稿。

工作進行得非常之慢，並且，多少次我停下了筆，一股疲憊與倦怠之感，使我無法再寫下去。

我不明白是由於什麼緣故，只覺得自己像一片秋葉，更像一株古樹，生機漸漸的消失了。惟一留存在我心中的，是一種渴望——我渴望著尋覓到一種東西，然而那東西是什麼，我自己也說不清楚。

我翻騰著我的箱篋，檢視著我的藏書，打開我裝盛心愛小物件的匣子，但我並未發現那件神秘的東西。

「你這個無聊的人，你到底尋覓什麼呢？」我頹然倒在床上，默默的自問著。

我默默的思索著，自心底搜尋那個答案。

心靈的弦索卻悄然無聲。

我感到非常的失望。

一陣急雨過去後，再也聽不到那敲窗的聲音了。庭院又恢復了它原來的寂靜，只偶爾傳來鄰家一兩聲拖著長長尾音的雞鳴，同那短促的鴿子叫聲，其中還夾雜著充滿了喜悅的童音：

「雨停了。」

「可以出去了。」

我一躍而起，打開了窗子，一股雨後清新的氣息向我撲來。我大睜著眼睛，看到窗外的樹上，不知什麼時候抽出了一枝新綠。

那枝柯的翠綠顏色，竟像是有幾分發亮，一張張玲瓏的葉片上，攀托著雨珠，也攀托著一片耀眼的陽光。

我向它凝視著，一股生的意趣，充滿了我的心中，我自靈魂深處發出了歡呼：

「我尋覓的就是這個！」

祇要窗外這一枝新綠長伴著我，我已感到極大的滿足，那碧綠的顏色，昂揚的神態，引著我的心靈終日棲息其上，做一個自得其樂的小小鳴禽。

草

我深愛著窗下、階前、院中那一片綠色的小草，它們以那麼可愛的表情，敘述著一個翠色的夢境。

在大地上，在陽光下，它是最懂得「謙德」的生物了，不像樹般的昂揚，花般的炫弄，它向我們解釋的是一種清寂的美。

喜愛小草的人很多，且以之寫出了不少的佳句，曾得諾貝爾獎金的西班牙詩人艾麥愛思，就曾寫出過這樣的句子：

在她的秋水中，
碧綠的草地經過著。

這句子寫出一個女孩子眼中映出的那一片草色。最妙的是「經過」兩個字，將那如碧絲的細草，寫得鮮活美妙，竟然流動起來，詩人的大筆誠然是神乎其技，但也是那照眼的碧綠啟發了他的靈感與妙想。

我的院中到處長著一些小草，為了「綠滿庭除」，我從未加以修剪，我希望有一日這院中能夠充滿了青草沒徑的荒涼情調。

每天晨起，我總願站在窗前，看那些小草在風中打欠伸，而月明的晚上，我更欣賞著它們垂垂的睡態，它們為大地編織著一個好夢，而這個夢也屬於它們自己。它們夢著星光為它們綴滿了花蕾，而天亮的時候，也就是它們夢醒的時候，它們乃搖曳於涼風之中，凝視著晨星隱沒。

多少人在小草的影子裏看到自己，樸素、無華、謙遜、忍耐。一陣風雨過去後，多少樹木摧折了，多少花朵搖落了，唯有默默無言的小草，變得更為美麗了，那麼綠，綠得有點使人想笑，使人發愁。

我的書桌上的盆缽裏，就種著青草，它裝飾了我的案頭，也裝飾了我的心靈，那一株鮮碧使我聯想到大海，使我聯想到草原，更使我聯想到一塊有生命的翡翠。

如果在世界上只許我挑一樣自己心愛的東西。

那就是一滴海水般的春草。

新月

蕉園中，採集果實的工人已散去了，裝載果實的車兒也去遠了，只有一只澄黃透熟的果實被遺留了下來。

小舟已停泊在水邊，槳手已上岸去了，疏星微雲都願登舟遠航，怎奈舟子遲遲不歸！

昨夕開窗，你可曾驚訝的看到那一個單括號，括著一句永遠寫不完的詩句？

幾次我開窗，為了月色太寒，但為了這一個銀色的謎語大費人思猜，我還是在窗前站住了。

夜越深，月光越泛濫得如同長河秋汎了。什麼樣的往事值得永遠鎖

在心中呢?將快樂同悲哀都傾倒出來吧,任它們為月光的銀流捲去,讓你的心恢復一片童稚的空白。

飲吧,月光的美酒,泛著銀色的泡沫,這酒不會使你醉倒,卻能使你清醒。

飲吧,一口一口的痛飲吧,不然世界這個酒杯都裝盛不下了,看呵,那銀色的汁液不是已流漾出這杯子的邊緣?

為什麼要在有月亮的晚上,將你自己關閉在門內呢?出去做一次散步吧,走過那些大理石鋪的市街,看一些陋巷的小屋,都閃爍如銀。

在日光下,這世界像個瘋人;在月光下,這世界卻像個哲人,默默的陷入沉思,思味著那亙古難解的謎語。

走遍了長街深巷,尋求你的詩句吧,何必耽心歸遲,在一座看不見的高樓上,有一個白衣的人,在為你高擎著蠟燭。

也許,在那燭光的照耀下,你不但可以尋到你在匆忙的生活中失去了的東西,或者可以尋找到自己失去的本真。

夜更深了，舟子未返。
新月的小舟將被晨風吹向遠方。和它同去的，還有那幾點疏星。

書

每週除到教堂以外，大部分時間我都將自己關在屋子裏，朋友們都笑我將自己「軟禁」起來了，然而我卻以為：這軟禁是世界上最舒服的一種刑罰。

自然也有些人覺得奇怪，在這幾間屋子裏，我用什麼來排遣時光？他們認為人畢竟不是一尊石膏像。

我當然還未靜定到配稱為一尊石膏像，但我自己譬喻作植物——在一塊土上扎了根（我又曾將自己譬喻為礦物——默默無言的，在時間的積塵下長埋深藏）。

然而，那的確是一個問題，我既是一息尚存，我到底憑藉了什麼活下去呢？我要說：多虧架上那些本書。

我的存書並不多，但我猶未能將它們全部讀完，這常常使我感到無限的惶急：「書雖不多，但誰知道我還有多少年的時間來讀書呢？」為此，一有空我就拿起一本書，讓心靈在那些篇頁上散步。甚至我在廚下忙著升火煎雞蛋時我也不忘讀幾頁小詩，在一篇短文中我即曾寫過：當我忙碌於灶前時，那「大漠孤煙直，長河落日圓」的唐人佳句，曾給了我無限的愉快。

我從來不記得有一本書對我這不速的訪客表示過憎厭，它們都以最精彩的語句和我談話。

我的父親生前喜搜購碑帖，在欣賞那些遒勁、秀逸的字跡之餘，他往往興起，不禁以一雙老手在每個字上摩挲不已。他曾笑著向我說：

「一個寫得很好的字，不只會使人看得入神，並且在你摩挲其上時，竟會覺得每個字已躍出紙面。而當你低下頭來時，好像感到每個字的上面竟發出一股香味來。」

我如今才了解父親真是一個了解如何欣賞藝術的人，我不懂得書法碑帖，但我在讀書時感到同樣的樂趣。一本好書的內容自然使我感動深深，而我也往往「斷章取義」，一個用字美妙、義蘊深刻的句子，常引得我反覆默念，使眼睛、嘴唇和心靈同時有一種愉快之感，這時，我不期然的想起父親說過的話：——每個字都像是躍出於紙面，而字裏行間，更洋溢著一股芬芳。

西洋有一位作家曾稱書籍為「書伴」，的確是很恰當的一種稱呼，書真是人最好的伴侶，它不但是只「予」而不「取」，並且，祇要你不離開它，它將是永遠陪著你的忠實伴侶。

霧

我喜歡霧。

我喜歡那使世界呈現出朦朧之美的霧。我讚美霧之神那種象徵派詩人一般的筆法。

有人說過：落霧的時候，世界整個的變成了一間白色的屋子，而這屋子沒有門，也沒有窗，你既無從進來，也無從出去，只有在那一片白色的氤氳中，和自己的影子捉迷藏，這真是一種很有趣味的說法。

古今詩人吟詠霧的詞句很多，宋代的詞人秦觀即曾寫過那樣的句子：

霧失樓臺
月迷津渡

這八個字已在紙上展現出那一片微茫的境界。美國一位現代詩人桑德堡，也曾寫過：

霧來了
附在小貓的足上

他的想像的確非常豐富，還有什麼比貓足更能表現出那輕而且軟，落地無聲的霧呢。

在霧中，一個富麗堂皇的世界是隱去了，我們徘徊霧中，正如讀到一首意境高遠，含蓄深厚的詩，其妙處，原只可以意會。(你在霧中一步一步的在向前挪移時，正如將詩中妙句一字字的仔細涵泳。）當你隔著一片濃霧，忽然聽到你熟悉的那條小河的潺潺水響，那份喜悅，確不是在陽光朗照時所能體會得到的。

我喜歡霧靄煙橫的晨昏，一如我喜歡曉陰翳日的微雨天氣。濃霧與輕陰籠罩下的世界，雖然是那樣的迷離恍惚，使人有無處不淒淒之感，但是霏霧弄晴的光景，不是已予人無限的希望嗎？

濃霧微陰之後，

必能看到更燦美的陽光。

落日

有人說喜歡落日的人總是帶幾分憂鬱氣質的，但是我——這個心性樂觀的人卻也是喜歡夕陽落照的。

落日給予人的是一種藝術上的悲感，這份悲感並非悲哀的感覺，只是一種悲壯的心情，當你矚目西方，一團色彩炫麗的鎔金般的烈焰，漸漸的由絢爛歸於平淡，末了，淡淡的暮色籠罩了天半，宛如一首交響樂的尾音，優美極了，但卻漸漸的歸於岑寂、無聲，引起人心中無窮的感喟。

據說海上觀落日與山巔看日出，同是一樁眼睛的奇遇，靈魂上的享受，但我卻不曾有過這樣的福份。

我曾看到過的兩幅綺麗難忘的落日圖，都是在古城讀書的時候。一次和同學們坐在湖畔，看夕陽在微藍天末同澄明湖底，釀成一場毫無損害的火災，將人心中的煩惱都燒盡了。

一次是黃昏時候，我自太廟中走出來，看到前面的古城牆上，是一片美麗的火燄，一些歸鴉，正如一個詩人焚燒的手稿化成的，片片點點，成了天空極其別緻的點綴，這時，土紅色的古城牆，牆邊鬱鬱的古柏，和歸鴉的黑點子配成一幅色彩鮮明的梵谷的畫。

多少年來，我再未看到那麼美妙的落日圖。

落日原是到處都看得到的，但缺少那片湖水，那垛城牆來作背景。

你也喜歡看夕陽落照嗎？你也喜歡那樣的詞句嗎：——

可堪孤館閉春寒，
杜鵑聲裏斜陽暮。

我卻更喜歡那兩句：——

落日照大旗，
馬鳴風蕭蕭。

前二句幽麗，後二句壯麗，但是我想還是多誦讀下面的一句吧：

終古閒情歸落照。

這是落日給人們的最後啟示，每個人原都應該更嚴肅的生活下去。

燈前

晝間極熱，且為柴米油鹽的事煩心，我乃將清繕文稿的工作，移到夜晚。

午夜，孩子們都睡下以後，我又悄悄的起來，捻亮電燈，以我的筆桿為藜杖，開始了格子紙上的旅行。

夜正長，夜正靜，唯聽到筆尖掠過紙面時的微聲。我高興的想，一小時內當可創造兩三千字的繕寫紀錄。

驀的窗外飛來了兩三隻青色小蟲，這大概是昆蟲探險隊的前驅吧，接著，牠們大批的青色同類，成群結隊的飛來了。燈前，桌面，墨水瓶口，稿紙上，甚至我的手臂都成了牠們的驛站。有幾位勇者，末了竟然駐足於筆尖之上了。拍拂不走，揮送不去，我既然無法突出牠們的重圍，只有擲筆長嘆，心中還不勝惋惜的想，設若一些麗句清詞，能如這些小蟲般插翼飛來，我又何必終日搜索枯腸，苦苦嘔吟呢。

我雖以停筆來向牠們表示抗議，但是毫無效用。我睡意全無，只有坐在那裏靜待天明。

忽然間我憶起聖女德瑞莎的一段事蹟：一日她在洗衣間，正好有一位姊妹在那裏洗手帕，濺起的污水，不時濡濕了德瑞莎的面孔。開始時，她真有幾分不快，但轉而又想，這不正是訓練自己耐性的大好時機嗎？這些飛濺而來的污水點滴，正是一種寶貴的賜予。她終於將滿腔的氣憤按捺下去，半個鐘頭以後，她竟然對這些向她灑來的水珠感到很大的趣味，她決計一有機會便站到這塊地方來，等待著人家慷慨送上來的珍珠。

想到這件事，我不禁抬起頭來，以充滿了愛意的眼睛來看那些小飛蟲了。這不正是初夏送給我的一些小伴侶嗎，牠們無知，所以無辜，我不是也可以把牠們看作造物遣來訓練我，愉悅我的使者嗎？

一位西洋作家，曾把車中一隻可厭的蚊子，看做自己的旅伴，我們為什麼不可以把這些青蟲看做同伴呢，一個人原該儘量的去愛一些生物。

在青蟲的飛繞中，我纔寫完了預定的章節，我感到很大的快樂，因為，在這世上，我又發現了一樣可愛的東西：那色如新麥的撲燈青蟲。

春陰

春暖時候，偏多微陰天氣。花架上的顏色加深了，雲葉將大地密封起來，好製造它今年的新葡萄酒。

在多雲微陰的天氣，我們不是比在有陽光的日子更覺得心情恬適嗎？

誰說不是呢，那漠漠的雲天，不是正和心境有同一的色調？並且，不論走到那裏，那在日光下愛打擾你的影子不見了，乃覺得十分自在，而伏案學文，往往也容易完篇。偶爾窗下的微風攜來幾片落花，送來幾聲鳩鳴，那情調就更為動人了。

喜愛陰天的人一定不少。我的心境原不可能終日充滿喜樂，宛如陽光朗照；也不可能長時陷於悲哀，而呈十日九風雨的狀態。我們的心中，偶爾會為微雲輕籠，感到些許的哀愁，偶爾也會彩虹斜掛，感到片時的喜慰，雲葉弄晴陰的天氣，正是我們心靈絕好的寫真啊。

記得幾年前因看到一個朋友所作詩文過於感傷，琦姊遂寫了一篇文章勉勵她，在其中她曾引用了蘇軾〈定風波〉中的幾句：

回首向來蕭瑟處，
歸去。
也無風雨也無晴！

這幾句話最恰當的解釋，也許是心靈永遠保持恬靜平和，雲淡風清，不為快樂所擾，也不為憂傷所苦。

晴明天氣，有如一支急管繁弦的交響曲，而微陰的辰光，則有如一支柔曼的小提琴曲，將你帶到極其高妙的境界。

又是陰霾天氣，你最好坐在窗前，或徘徊池邊，教散文大師梭羅，哲人愛默森陪伴著你，或者，幾位晚明的小品作家也好，讓他們智慧的文詞形成一道澄明的水流，將你的思想加以過濾；更在輕陰做的陽傘遮覆下，讓你的心靈小憩片刻，而準備去從事生命中莊嚴的工作。

如果你是一個懂得生活藝術的人，你應該喜歡春陰。它有如一杯淡酒，更如一杯新茶，那微微的澀苦，最是令人回味不盡。

梧桐

這幾日較閒，讀晏殊的《珠玉詞》，其中有好幾闋皆提到梧桐，引起了我一些回憶。

我生於渤海之濱，幼時在鄉下沒看到過梧桐樹。

在古城讀書時，一日雨後和幾個同學在文津街走過，行經那道旁的碧樹下時，有幾點零雨殘滴落到我的頸上、肩際，是那般的清涼，使人快意。我抬起頭來，看到枝頭綴著一些片手掌形的葉子，是我從來未曾見過的。一位久住古城的同學對我說：

「這是法國梧桐。」

這是我第一次看到梧桐，覺得這種樹木有一種與眾不同的風致。

一年暑假，我未返故里，留在校中準備畢業論文的資料，每天跑文津街國立圖書館，每天在那遍植梧桐的路邊往返兩次，慢慢的，我已會從那梧桐葉子顏色的深淺，測知時間的早晚，每株樹似乎都已和我熟稔了。

離開古城後，我曾去山城三年，回來後，我發現道旁的梧桐依舊，只是添了幾分憔悴。

在梧桐漸疏的馬路邊，我又尋到那門口掛著一只圓圓紙燈籠的小麵館，也遇到幾個手持蟈蟈葫蘆散步的老人，轉頭向路右邊望去時，南海公園的荷葉，正在夕陽中小睡，遠遠的水上，仍像有人在划著船採菱角。

一切都像沒有變，只有已尋不到那個著了藍裙同格子衫，手持一把麥桿編的圓扇和幾本書冊的孩子。

我曾向梧桐詢問，它們只靜靜的佇立在那裏，並不給我答覆。

那個年輕孩子的影子，是永遠的消失在那道旁梧桐樹的清蔭裏了。

此刻，我打開窗子，一陣雨才過去，晚風帶來了幾分涼意，也似帶來了梧桐葉的清新氣息。

我轉身自抽屜尋到一張舊日的照片，在上面勾畫出一片梧桐葉的圖案。

水鴣鴣

好多年以前，我讀到一本赫森（Hudson）寫鳥雀的書，印象極深，至今難忘。在那本書中，作者將他喜歡的各種鳥類，寫得有聲有色，且逕呼這些可愛的禽鳥為樹林中的小兄弟，這不禁使人想到一位聖者隱居巖穴，鳥兒給他送食物的故事來。

與草木通情愫，與花鳥共哀樂，永遠是一個文藝工作者在精神上應該達到的一種境界。慚愧得很，我雖愛好文藝，但不大熟悉草木鳥獸之名，當然更談不到在心靈上與它們相通了。

在鳥兒當中，我最熟習的也許祇是水鴣鴣了，但也只是從聲音裏喜歡上這種鳥兒，卻不曾看到過牠的真面目。

從前讀書的時候，學校旁邊有一片湖水，湖邊種了許多株柳樹，每年幾番春雨後，湖水平了堤岸，柳樹上掛起新月形的淺黃嫩葉時，偶爾走過那濕軟的湖堤，總會聽到那動人的鳴喚。聲音並不婉轉，卻極有韻味；並不響亮，卻非常悅耳。借赫森的話來講，那聲音真像是陰影一般。

湖邊住著的一個年老的盲者曾經對我們說，那是水鴣鴣在叫。牠的學名是否鷓鴣呢，因為牠一直隱在枝葉濃密處，所以，我始終無法斷定。

那聲音，我至今猶似能夠清晰的聽到，像是帶著陰影，像是透過濕霧。在象徵著歡笑的春日景色中，宛如要為晌藍的天空，開花的大地做一反襯，那聲音含著一點悲悽，一絲哀愁，當我們沐在春光中，聽到那一聲聲水鴣鴣的低喚時，宛如讀到李義山的無題傑作，是那樣的綺麗，然而，又是那樣的哀惋欲絕。

若用顏色來比，水鴣鴣的鳴聲該帶點溫暖，而又帶點憂鬱的紫色，徘徊綠原之上，突然發現一朵新放的紫苑花，那便是我們在春天聽到水鴣鴣鳴聲的感覺了。

到處聽得見水鴣鴣叫。
看得見白蝴蝶飛了。

我在舊日的文稿中看到了這樣的句子，我似又看到在古城讀書時的春天，我似又看到窗玻璃由灰而藍，而終為曉光鍍銀，水鴣鴣也一聲比一聲叫得更響了，那聲音像是由不遠的湖邊傳來。

海棠樹

寂寥中每多回憶，這些日子一在窗前坐下來，便想起舊日學校宿舍瞻霽樓前的風光，更連帶想起樓前那株剛勁婀娜的海棠樹。

那是一株相當古老的海棠樹，正好植在我宿舍的窗前，它的枝柯伸展開來，蔭影幾乎遮覆了小半個庭院。著花的時候，你可以自任何的一朵花或一堆花裏，看到大自然的得意笑容。樹頂倘流照上日光或月華時，就更燦爛得不可逼視，彷彿幾千枝蠟燭，都同時搖曳神秘的光焰。「一切的美都使人癡呆。」這句話正好用來形容當年那些凝望繁花發怔的女孩子們。

在一篇小說中，我曾經將這院子的一角做為背景：

「屋前有一座寬敞的院落，景色是無比的清幽，院角遮覆著青苔地衣，幾株古柏，枝葉繁茂，如同著了十八世紀的衣裙，院旁有一株海棠，正當著花的時候，散佈著淡至欲無的香息，有幾個夜晚，她和如水的月光相偕，同做這小院的來客。」

在那株海棠樹下，我和同學們消度過不少的晨昏。讀書倦了，就把那冊子扔在一邊，彼此告訴著一些有關這座古老建築的傳說，談到恐怖處，樹邊暗影裏，似傳來環珮的微響。樹下不遠的地方，是一口古井，很大，很深，雖經填了起來但望下去仍是黑黝黝的。我們看看那古井，又望望樹頂的華蓋，一些無知的心靈，竟充滿了幻想，快樂與疑懼，不知二者當中，何者象徵我們的過去，何者象徵我們的未來。

在學校中幾年，除了冬日以外，大部分課餘時光，我都在那株老樹下消磨過去了。那株樹啟發了我一些靈感，也引起我更多的幽思。

過去的歲月是永遠過去了，任何回憶的歌曲也唱不出我們失去了的，但我仍禁不住去拾取那些落了的花片，它們原也是屬於四月的。讓我在紙上畫一根線兒，把今日同昨天串在一起吧。
誰又能說現在的和失去的不是同一個四月呢？
但誰又能說這是同一個四月呢？

燭

無星無月的晚上，落雨的夜裏，開了燈，另燃起一枝蠟燭，更可以領略夜晚的無限靜趣。

自幼時起，我就喜歡看那一閃一跳的燭光，它具有燈光所沒有的那種搖曳之美，且給予人一種神秘之感。

外祖家原是籍隸浙江山陰，代出循吏，後代更多精研刑名之學，自外祖父出仕北方，即定居河北，但家中仍傳說著前幾代的故事。記得一個冬天的夜裏，母親擦亮了那座白銀燭臺，燃著一枝蠟燭，在那熒熒的光焰下，為我講述她的祖父夜批公牘，為犯人定讞。偶爾疏忽，有失公正之時，案頭燭火即會騰起數尺。他乃理會出自己的錯誤，遂重新再判。

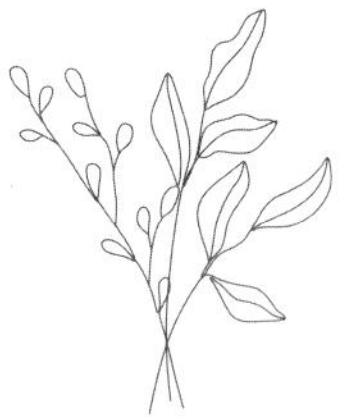

這個故事使我感到一點悸怖，但也覺得有無窮的趣味，乃央求她再講下去，後來我終於在她柔和的聲音中睡著了，一覺醒來，蠟燭已將燃盡，母親在寂寞中剪著燭花，閃閃的光焰，照著她恬靜的面容，她仍在那裏等候著因公晚歸的父親。……那夕的燭光，至今猶似在我眼前閃爍。

一枝小小的蠟燭，的確會引起人不少的聯想，會增加人的感傷，也會增加人的快樂，我們古代的詩人曾以「銀燭秋光」四字，描出一冷雋幽麗的畫面，而由燭光引起的想像，我想該以英國那位郝思蘭德小姐的最為美妙了。

由一枝以純粹的黑蜂的蠟做的燭，她竟然感到了熾熱的陽光，聽到了蜂兒的嗡嗡之聲，這種想像，可謂妙極。她更說蠟燭的那種淡淡的象牙色，本身即有一種單純之美，由純蠟發出的閃閃光焰，搖搖燭影，看來最為可愛。

法國的一位羅藹伊夫人，也曾以一枝燭來形容人的安詳，這種譬喻，可說真是恰當極了。

每天工作之餘，每個人都有權利來享受一個恬美的夜晚，可惜夜的一大部分美麗，皆消失於輝明的燈光下。燃著一枝蠟燭吧，坐在窗前，靜靜的看著夜色在窗外流過，燭將陪伴著你，諦聽那道長河的柔波……

苔

雨停後，我又照例走到院中，享受雨後的清涼。

一個才經洗滌過的世界，正在格外燦亮的陽光中曝曬著。

在院牆的一角，我發現了一片青苔，這可是幾天來在此過路的雨，留下的題壁絕句？

這片青青的苔蘚，鑲在那裏，看來再妥貼也沒有了。

在自然的美景中，青苔不失為最合適的補白，它不和任何植物爭取生長的空隙，它的目的，只是來填補造物的漏筆，它只在沒有花草樹木生長的地上塗敷一點象徵希望的顏色。

這一種存在也是值得讚美的。在大自然的熱鬧歌劇上演時，青苔是

以它那綠得發暗的顏色來伴奏的，那不整像一絲琴韻嗎：——縹緲、微細、若有若無，但又是何等的動聽呵！

青苔和地衣一樣，都是隱花植物。本來花開花落，只代表著瞬息的繁華，青苔寧願只以一片青綠，慢慢的來渲染牆上，階前。

正好前幾天一位女詩人贈我一把鬆著藍漆的小鐵鍬，她是希望我用來種花挖土的，我乃用這柄鐵鍬將那片青苔自牆上取了下來，另拿了一個巨型的海螺殼，在其中裝了泥土，就將那片青苔移植其中，放在書架上層的空處，與那瓶中的一枝孔雀翎羽為伴。我想，這片青苔會教給我一點什麼。

幾天過去，青苔的綠痕竟延展至海螺殼的邊緣，我向著它悄悄的低語：

「這不是生活的沙漠中一片綠洲嗎？」

青苔無言，默默的似乎變得更綠了。

我回到窗前，掀開了自一個朋友處借到的一本隨筆，那位異國的作家，在紙上寫出的正是那樣的幾句：

我整個的溶化在平靜的快樂中，
為了那一種極度的謙抑之感而眼睛濕潤。

雨

我喜歡陰霾天氣，我也喜歡落雨的日子。

春末夏初，雨絲落在蔥青的豌豆苗上，化成了一陣綠色的煙雲，這景色，也只有住在鄉野間的人才能欣賞得到。

落雨的日子，最好走出屋子，坐在窗前那座花棚下。在落下的花瓣，和細雨織在一起時，秦少游的句子：

自在落花輕似夢，
無邊絲雨細如愁。

——就當真被具體而生動的譜譯出來了。

有一次，坐在那新搭的棚下，雨點偶爾在空隙處滴落下來，濕了髮絲，此情此景，使我倍憶璋姊，遂在微雨聲中，給她寄了一張不像詩不像文的短箋去：

「小院寂寞，新綠的鳶蘿架上，雨正霏霏。遙想深巷中那藍色柵門，幾番冷雨後，已消失了我叩敲的痕跡，院前的紫蘇已長高了吧？簌簌的，是芬芳的細雨，芬芳的淚。」

我當時深深的憶念起她那散放著芬芳友情的細語，同為我而灑流的可感的清淚。

如果覺得在雨中花架下坐得太久了，你還可以撐著一把傘走出去，到附近的橋頭，街上，看看雨中的景色。最好是一把油紙傘，那可以聽到更響亮的雨點的音樂。如果雨很小，你不妨迎著風向走去，使溫柔的雨絲，撫摸著你的臉。

雨是一支動聽的歌，只有仔細諦聽的人才能了解它的歌詞。

在雨中，你聽到一種神秘的足音。

在雨中，你聽到一聲親切的呼喚。

每一滴雨都像是母親的甜蜜眼淚，滴在你幼時的枕邊。

雨來了，河水活潑的歌唱著，是時候了，使你心靈的小船解纜吧。

山

打開窗子，我又看到那一座遠山。在這晴明的日子，它的顏色和天空像是融溶為一，同樣的碧藍，同樣的淺淡。望著它，我想起了三年前山居的日子。山中小住，不僅可以看到無數奇景，且可聽到丁丁的伐木聲，與山泉及鳥聲的協奏曲。

古往今來，描寫山川之美的文章，多至不可勝數，而對山最感覺興趣的，恐怕要推那位文人兼藝術家羅斯金(Ruskin)了。在他所著的《近代畫家》一書中，他寫了〈山〉、〈岩與石〉，以及〈山之壯麗〉等三篇文章，洋洋灑灑，寫盡了山石之奇美與動人處，他說：「在大自然的佈景中，是以山開始，以山終結。」起伏綿亙的山脈，的確已為我們這世界

築成了一道城圈。

喜愛山的作家很多，但極端厭惡山的也並非絕對沒有。蘭姆（Lamb）就是一個極其不喜歡遊山看山的人，記得他曾有一封信，寫給邀他到山中小住的朋友，在那封信上，他不止一次的表現出他對山的憎厭，這與我們那位寫了「相看兩不厭，惟有敬亭山」詩句的李白，成一極其顯明的比照。

在那封信上，蘭姆曾說：「……我在一生中縱看不到山也絕不在意！」他不喜看山，有如此者。

蘭姆是喜靜居一地，不願跋山涉水的人。他喜愛的是那室中的一架書，舊的桌椅，以及所居倫敦城中的街道，小店舖，而「不喜歡什麼谿谷林木」，他不願意接近自然界的一切，且逕呼之為「板滯的自然」。

像他這樣有意的與自然界疏遠的文人，的確不很多見。蘭姆的文章寫得綿密細膩，且有一種蒼涼的味道，可以說是文溫以麗，意悲而遠，但是缺乏一股清新氣息，這大約是因為他在倫敦的霧裏待得太久，拒絕大自然的呼召的緣故吧。

為了呼吸到山間新鮮的空氣，看到山中的美景，我們還是不要倣效蘭姆，而去勇敢的登山吧，你記得那幾句話嗎？——

我終於登了山，
看到了不經見的美。
這是最重要的事。

外面的雨停了，碎雲也完全飛去，此刻讓我們站在窗邊，看看那片嵌在窗格中的嫵媚青山吧，你是否覺得：「一股充沛的靈感，已隨著天光山色，注入你的心靈深處？」

井

曾經有個朋友說，人生如同塞外行，越走越荒涼，越走越寂寞，越走風沙越大。

在那風沙漫天，寂寞的行程中，我渴望著來到一口井邊，我更常常想起《聖經舊約》中，汲水井邊的那個慈祥和善的女子。

幼年在故鄉時，我常在炎熱的夏日午後，和一些玩伴們溜出家門，來到那老柳蔭覆的井邊，聽那些不知疲倦的鳴蟬喧嘩成一片。

常有一些村婦在生苔的井欄邊轉動著轆轤，將水桶汲滿，提了回去，清清的井水自桶邊溢了出來，滴落在她歸去的小徑上，那純樸心靈中的快樂也滿溢了。

有時我和那些同伴們也俯身井欄邊，看著我們一張張的面孔和天色雲影重疊在一起，在發藍的井水上蕩漾，更將帶來的瓷杯中盛滿了清冷的井水，小口的啜飲著，直到黃昏來臨。

為了尋求知識的甘泉，我離開了故鄉，同那柳蔭遮覆的井邊。至今知識的涓滴，並未能滋潤我的生命，我跋涉復跋涉，已是身心俱疲。

又是初夏了，黃昏時候，我獨坐窗前，回憶著童年時嬉戲的老地方——那點綴著柳蔭與蒼苔的井邊，我又彷彿看到我的面影，在那發藍微亮的井水上蕩漾，襯托著淡淡的雲天。

隔了窗紗遙遙的望去，可以看見那片才種了蔗苗的淺綠田野，及田邊那一道通往市區的窄細公路，在夕陽下，像一條閃光的白帶子，一些車輛，在上面疾馳而過。

一輛綠色的車兒停在我的門前，女詩人的信來了，我匆遽的打開，在夕暮的微弱日影中讀了下去：

「我這是第六度遷居了，這所宅子寬敞而明朗，樓前有小小的洋台，是舉杯邀明月的好地方，我預備了友情的美酒，甘冽如同新汲的井水。

您願意來暢飲一杯否？」

我預備接受她的邀請，和孩子們到她那鄉下盤桓數日。

人生如同塞外行，只有純真的友情，才是你渴望的沁涼井泉。

江

曾經有個朋友說，我之喜歡看山，大約還是為了它的富於色彩，我回答她說：「當然那也是理由之一，但我之愛山，更為了它的沉默。」

而我也同樣的愛水，尤其是那一道澄靜如練的大江，雖然比起山來，它是絮聒得多。

大江流日夜，
客心悲未央。

壁上謝玄暉的詩句，又引我回到遙遠的江干，追溯往事了。

第一次看到浩蕩的江流，是我到了山城以後。

那時，春光正爛漫於山城的每一角落。到處看得見開放在岩隙的小黃花，到處也聽得見琤琤的山泉，而遠近開山的斧鑿清越之聲，同駕著小篷車的馬兒頸際銅鈴鐺，更響徹了山城的四月。

在北方長大的我，為山城的綺麗風光眩迷了。終日流連勝景，屐痕處處，而我最常去的地方，要算是臨江門了，因為在那裏我可以接近我最喜歡的那道大江。

那時和犁伯新婚未久，他常常伴著我，走過濕滑的蹭蹬山徑，來到江邊，一坐就是半日。眼前，是匆匆奔流的大江，頭上，常有一隻山鷹在高空浮雲間盤旋，這真是一幅出於大手筆的名畫，構圖疏朗，設色單純，我們高興能做了點綴這幅巨畫的小人物，而沉酣於畫面的美麗中，兩人都靜靜不作一語，因為，要說的話江水都已代表我們說了。

有時，天色已晚，我們仍坐在那裏，等月亮上來，月光欲現未現之頃，對岸山坡上人家的燈光亮了，先是一點，兩點，像是春天乍來時，那缺少耐性的小雛菊。而趁人們偶爾不注意之頃，剎時開遍了山麓，只見一片光點在閃耀。每一個光點，都說明了一個幸福的家，我們遂也動了歸歟之念，想回去點亮我們那間小樓屋的燈盞了。

當低頭向江流作別時，淡淡的月光，已使江面呈現出一片微茫，再也看不清那婉孌的水紋，只覺江水語低聲近，向我們親切的道晚安。

如今一切都被時光的江流帶走了。

我獨立在窗邊，默吟著謝玄暉的佳句……

荷葉

在一本書裏，我發現了一張褪色的舊照片，上面是一片片圓圓的新荷葉，照片的背後，是一行細字：

「這是我散步常到的地方，我愛這湖水，同水上那些荷葉。」

是的，這湖畔是我昔日散步常到的地方，也是我如今夢中常到的地方。我不止一次憶念起那片湖水，也不止一次在紙上寫下我對它的懷想，是這片湖水，連同湖邊的老柳，湖上的新荷，裝飾了我生活的畫面，使我在古城中讀書的那個階段，成為一生中最值得回憶的。

在那幾年中，我實際上讀書的時間並不多，而大部分的光陰，都用來研誦大自然每個晨昏為我準備的活頁文選了，我最愛讀的那篇是湖上

的風光，尤其是其中夏日的片斷。早晨起來我總是先去湖邊，那時，湖水像猶未在朝霧中醒來，而荷葉上擎托著的露珠，已在晨曦中透出頑皮的笑容，使人不由得想起了那幾句話：

露珠對湖沼說：
我是荷葉上的小水珠，
你是荷葉下的大水珠。

當晨風吹來，荷葉微微一斜，往往會使幾顆水珠凝聚成了一個。那位新月派詩人活潑清新的句子：「小珠一笑變大珠」，所形容的不知可是那種情景？

自湖畔一個年老盲者的口中，我和同學們還會了一支歌謠，歌詞純樸而自然，的確是地道的湖上的產物。那歌詞我至今仍還記得：

你從何處來，
我從湖上來。
湖上有什麼？
水蓼花兒朵朵開，
金色魚兒去還來，
荷葉片片像把傘，
採來當個帽兒戴。

那湖上夏日的風光，的確秀麗如畫，一個暑假，閨秀派作家凌叔華女士即曾偕一位女畫家來遊湖，那時我恰留校中，遂權充了半日導遊。往日如煙，凌女士如今遠在歐洲，不知她在走遍了大半個世界以後，還記得那大城一角的清媚湖水同湖上的新荷嗎？

鶴頂紅

前年初春，自一個賣花老婦人的竹籃子裏，我選了一種從前沒見過的植物。

它的枝柯柔長，葉子稀疏，看不出有什麼格外豐盈的生命力，但開的花兒卻美得出奇，花分兩層，下面一層有如雪珠，上面的一朵，鮮麗如一塊小小的紅玉，不知哪位智慧的植物學家，賜它以那樣動聽的嘉名——鶴頂紅。

我順手將它種在後院的牆陰。

那株鶴頂紅悄悄的生長在牆角已經兩年了，按時抽葉，按時開花，我偶爾散步到此，總不忘默默的向它道候。

一日那新來的小女傭掃院子時，卻將它拔了下來，移植在我的窗前，我問她為什麼要那樣做，她笑著說：

「後院的地太潮濕了，還有，種在那兒開了花也不容易看見。」

她既已移植過來，我也不好再說什麼。

一日日的過去，鶴頂紅在窗前乾燥的土地上佇立著，並未按時開花，一個多月後它竟枯死了。

小女傭看到那枯了的根株不禁發怔，看著她那惶恐的樣子，我倒不好怎樣責備她了。

她只以為陽光與沃土可以促進植物的生長，但她哪裏知道，有時潮濕陰暗的地方，卻對一些植物更適宜呢。

像鶴頂紅這一類的花草，是特別喜歡陰暗與潮濕的所在的，好像有一些人寧願在陋巷、巖穴之內，寂寞艱苦之中，給生命加一最完美的註釋。他們摒棄了逸樂，而尋求苦辛，因為他們深知逸樂離死亡最近，而艱苦則有助於生命的成長。

那一株萎去的鶴頂紅，向我說出了一個寓意深長的故事。

我再也不為斗室的幽暗而嘆息，鶴頂紅在濕暗的牆陰才開放了最美的花朵，使生命的光輝照澈了幽暗。

花

每晨推窗，你會驚訝的發現，當你昨夕沉睡時，窗前那一片小園，已由一隻神秘的手重新加以佈置過了。清晨的藍風，吹掠過每一朵新開的花，也吹掠過才自夢中醒來的你，你是否感到心中充滿了一種新的喜悅呢？

記得一首哲理詩中的句子嗎：——

開花的春天，
無影翳的早晨，
好像自天國傳來了允諾，——允諾我們的新生，

新的意志，
新的感覺，
新的心靈，
形成了煥然一新的生命。

就是那一隻每日為你窗外換景的手，也同時將深山，原野加以裝飾，一朵朵，一簇簇的花朵，在有人看到的處所與杳無人跡的地方，以它們的芳香與顏色，寫出了一首讚美詩。

德瑞莎曾說，如果一朵小花會說話，一定會說出一些話來讚美造化；我們卻說，每一朵小花不止會說話，並且會唱歌，雖然它的歌是無聲的，但那比能聽到的歌更為甜美，其中含蘊的深意，多少卷大書也寫不完全。

你匆忙的人間過客啊，為何不肯在大自然為你設計的畫廊前駐足片刻呢，你說你太忙了嗎，只消觀賞幾分鐘，甚至幾秒鐘，你就會自其中領略出無窮的美與智慧。大自然藉了每朵花、每片葉，向我們道出了生命的消息，使我們透澈了生命的意義。

你如果能常常到田野間去欣賞那朵百合花，在不知不覺之中，一朵花也在你的心中開放了，同樣的素樸，同樣的燦美。

湖

黃昏溫暖而靜謐，我打開窗子，極目向遠方望去，彷彿又看到那片時來入夢的湖水，在遠方向我閃爍。

初夏原正是遊湖的好時光，湖水比較深了一些，顏色也更綠了一點。當我負笈古城時，每天要到湖邊去兩三回，下午課後，我帶著書一直走向湖畔，那時陽光正極強烈，湖邊人家的樓窗，都垂下了竹簾，極少行人在此走過。偶爾有個賣櫻桃的小販，以他單調的呼賣聲打破了湖邊的靜寂。

整個的湖都似屬於那一把陽傘下的我了，我坐在湖邊，將路上採來的一朵小花夾在書裏，然後，向著湖水默誦拉馬丁的那篇詠湖的作品……

前些時候，縈迴往事，我曾寫了一首小詩，其中有一段是：

我曾持一卷詩一朵花來到你（湖）身旁，
在柳蔭裏靜聽那汩汩水響。詩，遺忘了；花，失落了；此刻再也
尋不到那流走的時光。

那些年，在夏秋之季的有月亮的晚上，我偶爾也到湖上泛舟，我雖不是高明的舟子，但我的目的並不要划行得很遠，只在享受一下水上夕暮的清涼，之後，我就拋下小船。在朦朧月光下做夢的湖水，就是我寫作那支短歌的背景：

今夕我泛舟湖上，
水面是一片淒迷，
只有零落幾點冷露，

悄悄的沾濕了人衣。
為了尋覓詩句，
我繫住了小船，
螢蟲指引我前路，
微月如一片淡煙……

不見那片湖水已經十多年了，如今湖上風光依舊嗎？在憶念中，我寫了幾行，遙致那湖中的靈妃Nymph：

湖岸祇餘兩行清淺足印，
唯有寂寞悄然的獨自來往，
幽草裏深埋著一支短笛，
似仍吹弄著無聲的昨日小唱。

茶

天氣陰沉沉的，暗雲好像壓到人的眉梢，遠處的雞鳴，好像也帶了幾分重量。我帶著滿手的粉筆末自外面回來，又坐在窗前那把圈椅上，收音機中傳來海菲茲演奏的〈流浪者之歌〉，在那優美的旋律中我又掀開了屈原的作品，同時，為自己泡了一杯釅茶，我整個的沉浸在詩意的氣氛中了。

自什麼時候開始喜歡喝茶，我自己也說不清楚了。只記得有一次湖畔小坐，看到水邊人家窗中的燈光亮了，那些盞燈臨流照影，光景奇麗，我回去後，曾在記事本中寫道：水邊小樓裏的燈亮了，清光閃爍，像杯淡淡的龍井茶，自那時候我已是一個喜歡喝茶的人了。

但實際上，我是一個俗人，也是一個忙人，更沒有什麼雅興來品茗，而我之喜歡飲茶，還是為了茶的滋味最像人生。每日輾轉於硯前廚下，勞碌整天，偶爾小憩，我總喜歡泡上一杯濃茶。而我之飲茶，並非慢慢啜飲，往往都是舉起杯來，一飲而盡，如喝苦酒，如飲苦藥，目的只在試試自己在精神上有無接受人間苦的勇氣，能否毫不猶豫的飲盡人生的杯底。

這的確是極好的自我訓練呢，當我遇到一些不如意的事，而怯懦的想設法迴避之際，這時，心底常會有個微細的聲音向我說：

「飲下去吧，你該有這份勇氣的！」

於是我就接過了那杯苦茶。我如今雖談不到入世已深，但對人生的苦境已能甘之如飴了。

因為愛飲茶，我也就注意一些談到飲茶的文字，而給我的印象最深的是知堂老人的詩句：

「且到寒齋喝苦茶。」

我之喜歡這個句子，並非因其如何精妙，而在於筆墨之外的那股瀟然自喜之意。知堂老人周作人寫過《談龍集》，《談虎集》，《雨天的書》等作品，是新文學運動初期的健將，極受年輕讀者們的歡迎，可惜晚節不終，於抗戰期間靦顏事敵，我雖極愛其作品，但深鄙其為人，想他還是未能領略苦茶的真味，而對人生發生澈悟，記得一位作家在他的書評集《沫沫集》中，曾謂知堂的文章有如「一個人背著手在池邊看螢火蟲。」可惜這位漫步人生池邊的老人，終為利欲所蔽，連眼前那點理想的微光也消滅了。

每捧起了一杯茶來，我就想起那個卑屈的老人，他空寫了有關苦茶的佳句，而沒有勇氣飲盡人生的苦杯，以完成人性之高貴，不禁為之扼腕嘆息。

歌

窗外的番石榴樹已長得那樣高大了，散下了一地的清蔭，適才我讀書倦了，偶爾抬起頭來，看見一隻鳥兒，拍著棕褐色的翅子從樹梢掠過，一邊唱著，一邊飛遠。我的心靈也彷彿隨它而去，好久，好久，才自天的那一邊回到了書桌前。

我卻已無心再到字裏行間去鑽研了，一個問題，一直在我的腦際盤旋：那隻鳥兒何以那樣意態逍遙？

是因為它對現實生活要求得很少吧，些微的食糧，幾滴清露，它已感到極大的滿足了。

更因為它小小的心胸間藏放著一個遠大的理想吧，展現在它眼前的，

永遠是一片遼闊的雲天。

每日它展翅飛翔著，掠過片片的微雲，超過顆顆的流星，它從不為了一陣狂驟的風雨或一道美麗的長虹而耽擱它的行程，除非它是太疲倦了，才在幾片樹葉底下打個瞌睡，但它很明白：

「休息，只是為了前面那段更長的路。」

它只是休息片時，而從不肯留駐，它知道那幾片樹葉下面並不是它生命途程的終點，它永恆的家鄉是座落在它的心靈裏，它的翅膀上，像是很近，但也可以說是無限的遙遠，遠得甚至今生或竟無法到達。

但它並不顧慮這些，它只記著一句話：「我的家鄉是在前面。」它飛，Beyond the Beyond，它要飛向那無限的遙遠。

是的，它那個理想中的心靈的家鄉就在前面，像是一點永不熄滅的閃爍星光，它了解生命的意義就是向前追尋。

誰曾經聽到過它的嗚咽？人人聽到的只是它那嘹亮的歌喉，它又何嘗沒有憂愁，沒有哀怨，但它歌唱的永遠是那歡欣的曲調，在它迅速如疾風的飛翔中，它不忘為每個寂寞的窗口引來一道音樂的泉流，投贈由幾聲婉囀清韻凝成的珠顆！

它奮力的向前飛著，像一個夢影，像一個火焰，它那歡欣的歌聲像是朗弗羅詩中的那枝箭，深深的嵌在大地上古橡樹的心裏，也像是朗弗羅詩中所說的那支歌，在純潔的心田中引起了回聲。

一個影子向前飛，
天，那是誰？

蘆葦

植物中最秀逸的一種，大概是要算是臨風搖曳的蘆葦了，記得一首小詩嗎：——

天邊一抹淡青山影，
地上一片銀色的湖光，
誰持一枝蘆葦的畫筆，
輕輕臨描著半圓夕陽？

當幾莖蘆葦，在西風中摹描著臨水自照的夕陽時，畫面的確是極其

絢麗，且另有一種生動的韻致。

我看到過幾次叢生水邊的蘆葦，那些葦葉真好像是一些纖長睫毛，那澄明的水波，增加了無限神秘的意味。秋來時候，蘆花如古詩人所說的都白了頭，水邊好像飄滿了天鵝的落羽，折幾枝來插在硃砂瓶中，盎然的秋意會瀰漫你的全室，空氣中似乎迴旋著由蘆笛吹奏出來的一支秋之歌。

蘆笛是中外作者們所常常愛提到的，這是牧人們慣用的一種簡單不過的樂器，卻能吹奏出牧羊人的心聲，而使群羊默默的追隨著他走上歸去的道路。

一個淒寒的秋夜，在郝思蘭德(Houselander)女士的一本書中，我發現了一首以蘆笛為題的詩，一時興起，就將它試譯了下來：

甜蜜的牧人呵，
我願做你的蘆笛，

此刻，如果你高興，
請自我吹奏出你的歡喜，更吹出快樂的歌曲。
倘你的愛心
未能感動迷途的羊兒轉回，
吹奏我吧，
吹奏出你愛情溫柔的傷悲。

吹一支兒歌或短調吧，
使你的蘆笛充滿生命的氣息，
當你心中的音樂歸於沉寂，
只要你心願，
就可放下你的笛子來休息。
蘆笛默默無聲，
靜靜的置放於你的胸臆。

一枝蘆笛雖然細小，但其中蘊藏著優美感人的音樂，讓我們做一枝蘆笛吧，使真理藉了我們發出悠揚的清韻，呼喚一些迷途的心靈遄回。

音樂

儘管我關於音樂的知識極其淺薄，但那並不妨礙我自音樂中得到高度的快樂。一個人祇要努力去追尋，自得到他應得的一份，這是藝術女神對我們的寬厚處。

讀書時聽到的兩次音樂，最使我難以忘卻，一次是在校園中聽露天音樂演奏會，那時正值仲春，滿院子盛開的紫丁香，我席地而坐，叢密的枝葉遮住了我的視線，看不清演奏者的身影，只覺一陣陣音樂的浪潮，自那一片芳香的大海中漬湧而來，香氣、顏色與聲音三者融溶為一。且互相解釋，恰到好處。

一次是上「美學」課時，那位老教授又講到了柴可夫斯基的音樂，還帶了他的悲愴交響樂的唱片來。他對我們說，柴氏的曲子中，可以聽到魔鬼在地獄中淒厲的呼叫，那時正值三月初，雖是春天，濕寒仍重，課室外一株細柳才抽出幾根短長的線兒，報告春訊。就在他為我們放送柴氏音樂唱片的當兒，忽然飄落來幾片雪花，輕輕的飛揚於柳絲之間，雖僅幾分鐘，但那冬日與春光共舞的情景，恰為我這神遊課室以外的學生說明了柴氏音樂的一部分精義。

適才讀吉興(Gissing)的書，至他散步時聽到琴聲的那一段，不禁掩卷默想了好久。鄉居的吉興，偶爾在散步途中，聽到一陣悠揚琴聲，自一所宅院發了出來，他不覺為之欣然色喜，徘徊久久，不忍離去，回到家中後，還將這件事寫成一篇文章。

這個很平凡的小故事，給人極大的啟示。

琴聲，我們平時聽到的機會是太多了，幾曾又像吉興似的受到感動呢。

每個人的心中，原都藏放著一架神秘的琴，有的因為日久不去彈奏，竟然瘖啞發不出微聲了。我們與其說吉興聽到的是外面的音樂，莫如說是那宅院中一隻善於彈奏的手，觸動了他內心的琴鍵。

倘若小心的不使自己心中的琴朽壞，人人原都可得到和吉興同樣的快樂。

在寂寞的深夜，靜思默禱之中，你將會聽到一種奇妙的音樂，自你的內心深處流溢出來，它不僅使你愉悅，且將導引你至坦途。

「我驚奇於我自己的音樂之美。」一位哲理詩人早就這樣說過了。

水

一方池塘，一片湖水，一道小河，都會引起我的喜愛，甚至雨後一片積潦，雖然小得被一位西洋作家稱為山喜鵲的眼睛，但由這稱呼我們也可以想像出它是多麼澄明。你低下頭向它凝視時，竟會驚訝的發現，其上竟也映照出天光雲影，而使你感到無限的喜悅。

我在一篇小說中，曾以一片水做為背景，在其中我曾寫著：

「遠處有一道小河，河畔遍植柳樹，一望青青，恰將河水遮住一半。每當天氣晴朗的時候，船隻都掛了三角形的蓬帆，以極其婀娜的姿勢前進。」

這是我以想像力畫出一道河，是我理想的一片水。

在學校就讀的時候，校旁正好有一片潮水，那瀲灩的清光，至今猶時常映現於我的夢中，湖邊那塊青石，該是我最熟稔的伴侶了。在校四年，我讀書的時候絕沒有在石邊看湖水的時候多。湖上的夕陽，湖上的明月，甚至我投擲在湖上的一些小草花，我都清晰的記得。

移居海島中部，我住的巷口邊有一道灌田的小渠，終日蜿蜒前流，雖然不深不廣，但水色清亮得可喜，徘徊它的邊岸，我覺得自己有如置身塞納河畔的釣者，目的原只在自水底撈取那深沉的靜謐！

不巧的是近年來附近建起不少華屋，屋主嫌小渠的水流太急，便以石塊將它堵塞起來，原來，渠水琤琤清音，乃變成斷續的嗚咽，從那以後，我有意的繞道而行，我實不願再看那道小渠，也不忍再聽它了，只有天上明月，還偶爾到此徘徊。

失去了那道小渠以後，我又在不遠處發現了一方橫塘，水色自然沒有小渠澄明，但塘邊的矮樹茂草，和此刻正在盛開的毛艮花，給它添了無限的嫵媚。我目前常常到這池邊來等月亮了。

有時我在塘邊一坐就是幾小時，偶爾將一隻手垂入池中，水涼直沁入心底，有一種淒冷的感覺，更有一種愉快的感覺。

你覺得生活缺乏情趣嗎？到水邊去走走吧，一片小小的水，看似平淡無奇，但在晴陰風雨中，卻是變化無窮。

找一本梵樂希著的《水仙詞》，坐在水邊度一個快活的午後吧。

當暮色來臨時，就掩上書，靜靜的佇立水邊，看著水無言的向前流走，你會覺得它將你的一切煩惱，一切快樂，連同形成它們的原因都帶走了，只將你一個人留在岸上。

岸上只有你一個人……，

而你將如何？

「想想那些永恆的東西吧！」

蝶與理想

一隻小蝴蝶自窗前飛過去了。淺色的翅膀明明滅滅，整像那一點燃燒的火焰。

形容蝴蝶的文句，好像還不曾有人寫得比吳爾芙夫人更好，她也不過只用了幾個極其平常的字：

「黃色的蝶兒張張惶惶的飛過來又飛過去，花蕊上的粉飄揚於空際。」

她這張惶的字眼用得真妙，那分明是一個有風的天氣，而蝶翅之薄，更見出風力之勁，眼看蝶兒在風中撲撲閃閃，在枝間上跌跌撞撞，但是，它終於還是飛到它要去的地方。

幼年在故鄉時，老傭婦常常帶了我同堂妹，拿著線網到野外去捕蝴蝶。

春夏之交，野外到處是草木花朵織成的一片綠煙紫霧，一些俗名楊樹苗的粉色小花兒，靜靜的坐在樹蔭裏，仰首向天，飽飲著陽光的美酒，飲不完時便在風中偏過頭來，請小草分嘗餘瀝，樹蔭下到處是斑斑點點的陽光，反映著閃來閃去的蝴蝶翅膀。

天快黑的時候，我們才回去，一本紙簿子裏夾滿了大小不同，各種顏色的蝴蝶，但我的心中並未感到滿足，我想著那隻白蝶飛向的小河對岸。

當我在草地上笑著追逐著那些翩翩蝴蝶時，那美麗的昆蟲曾代表著我一時間的燦爛理想，而那一隻未曾捕到的，飛向小河對岸的白蝶，卻引我更嚮往那迢遙的境界了。我那時雖未能前去，但想像已為我在兩岸之間搭築了一道木橋。

人生的意義也許就在於向前追尋吧，願捕到那飛著的蝴蝶，更願達到那風光優美的小河對岸吧？

在追尋的途程中，我們當然有時會感到失望，但如果有持續的勇氣，有堅定的信心，我們自然能夠興致勃勃的走下去。

你有個夢美如蝴蝶吧，你更有理想的遠景像那清麗的小河對岸吧，那麼向前去追尋吧。

只有當你一直向前追尋時，你的生命才不會停滯。

小屋・寫作

這間屋子十幾年來一直做著我的書室。

除去案頭的瓶花時有更換，竹架上的書冊越來越擁擠以外，這麼多年以來，這個屋子的內容可以說沒有什麼變動。

自紙門同牆壁上，我似乎看到了自己在時光中失去的畫像，自一室靜寂中，我似乎聽到了昨日之歌的回聲。

每日在這書報堆砌的四方城中，我讀著、寫著，偶有餘暇便用來沉思冥想，而由其中得到一點感悟，這份感悟形成了我生活的重心，由於它，在時代的激流中我才不致失去自己，才能永遠固定在自己的方位上。

女詩人前些天曾送我幾盒菸，我偶爾也吸半枝。

她在信上說，這種菸味最清淡。燃上一枝，在那香息中，我當真覺得宛如置身荷池之畔，而那隨菸紋俱來的幻思，就是池上綻開的那朵睡蓮了。

窗前那把圈椅，是書城中的第二道城圈。坐在這把椅子上，我曾塗抹過一些短小的篇章。想想也真可驚，自從我第一次坐在這把圈椅上，十年的光陰已經流走了，留下些什麼痕跡呢？只是那一疊疊變黃了的稿紙吧，我苦笑了。

前些天讀佛羅貝的小說《波華荔夫人》時，卷前那位米萊斯寫的序，曾使我感動不已，其中有一段是：

「經過六年的辛苦伏案，六年折磨人的心理上的痛苦，他寫出了這部《波華荔夫人》。當佛氏於一八五一年自近東旅行回來，他就開始坐在珂羅塞地方的一間小屋裏，在寂寞孤獨之中，著手寫作。那時候，他還不到三十歲，而當那書於一八五七年完成時，他已經三十六歲了。」

一段平鋪直敘的描寫，但卻是多麼感人！我曾經向一些愛好文藝的學生們說到這個真實的故事，我說，想想吧，當佛氏關上他小屋的門，坐在椅子上時還不到三十歲，而等到他推開椅子站起身來，已經是三十六歲了。那些可愛的孩子們眨眨眼睛，年輕的心靈怎會完全了解這個悲喜劇！一部書完成了，青春的歲月流走了，佛氏站起身來，伸個懶腰，打開了那小屋的門，將他那本書獻給那個對他極其陌生的世界。最初他聽到的是一片喧嚷，最後，那喧嚷聲靜下來，大家開始平心靜氣的欣賞他的藝術了。

作品是為了廣大的讀者群寫的，也是為了自己寫的——為了自己理想的境界而寫的，當這作品經他個人藝術的良心通過時，一個作者就可以打開他小屋的門，將之呈獻給世界了。

長天

一般人對於天空是那樣的視若無睹，這真是一件彌足驚異的事。

——羅斯金

你悶了嗎？和我一同打開窗子吧，那一片天空，不是又展現在你的面前了？那樣的廣闊，那樣的平靜，你的心靈儘可以在那裏流連、徜徉。

在大自然的創造中，天空也許可以說是最美的一部分了，晴朗時那樣碧藍得可愛，而陰晦時那潑墨的畫面，更是充滿了磅礴的氣魄，更無須說那散綺的朝霞，鎔金的落日，給它增加了多少絢麗！還有昨夜的星光呢，那一道淡淡的銀河前，新月的獨木舟曾剪了多少塊浮雲做風帆，你記得是哪一點星光照亮了它的桅桿？

誰又說得比那位藝術家更恰當，同時表現的感慨更深呢——

大自然在這一部分創造（天空）中，主要是為了使人愉悅，且藉此達到向他們談話，對他們施教的莊嚴目的，但是，人們對此卻漫不經心。不會欣賞天空之美的人，將是生活中一大損失，大地上的風景雖美，但不見得處處都使你流連嘆賞，有些地方是被人們巧妙的手修飾過了，顯得做作；有的地方是被殘酷的手破壞過了，已呈破碎。只看天空仍然保持著創造的第一天那個樣子，和亞當、夏娃看到的沒有什麼兩樣。

並且，地上的山川之美，人們不見得可以有機會有時間去欣賞，去領略，但是只要一抬頭，就可以看到那一片天空，似是那樣的遙遠，若不可接，但又是那樣逼近，近得可以裁下一片來鑲入你的窗口，你的夢中。

我們平日只因為太注意大地上的一切，而忽略了欣賞天空之美，所以才時時為煩惱、憂苦所侵，還是舉起頭來，凝望一下天空吧，那麼深湛的一種藍色，澄澈、高遠，它分明是為一個巧妙的佈景師在控制著呵，此刻，又和前一分鐘有所不同了，我們應該做些什麼莊嚴、有意義的工作，才能與這奇麗得無以復加的天藍背景相配合呢。

打開你緊閉的窗子吧，更打開你那密鎖嚴扃的心扉吧，使那片鑲在你窗口的藍天，更鑲在你心靈的深處。你會奇妙的感到，你的心靈在無限的擴展——與天空同其遼闊。

而天邊的一隻飛鳥，一朵流雲，也將使你悠然意遠……

雪

天氣酷熱，紗窗竹簾外是一片熾燃的陽光，我只有借助於回憶，來避免熱浪的襲擊，我想到北地的冬天，落雪的日子。

落雪的日子，喧嘩的世界變得緘默了，另有一種無言之美。

一天，在雪花的繽紛中，我執了一把傘，走過學校門前那座白色的小橋，繞道湖邊，到附近的那家私人的圖書館去，(那是紀念蔡鍔而設立的松坡圖書館。) 它是設在一座名園之內的。到那裏小坐半日，既可讀到好書，更可看到經雪花裝點過的園景。

我又經過了那做著銀色長夢的湖。水面的斷梗殘荷，都被雪收拾了去，水邊的老樹上，堆滿了積雪，樹身似已不勝負荷，而更顯得佝僂了。

樹下面那間小屋，一半為雪封住，但一股斷續的月琴聲，卻自裏面傳了出來，我知道是那個伴著湖水而居的盲樂師，又在調弄他的弦索了，那聲音，在一片雪光中飛揚著，另有一種泠泠的清韻，他為什麼偏要在這辰光彈奏他的月琴呢，是為了給雪封的世界增加一點聲音吧？周遭是太寂寞了。可敬佩的老樂師！雪壓著他的屋簷，湖上的寒氣瀰漫了他的室中，但對音樂的熱愛，燃燒在他的心裏。

穿過了幾道寂靜的馬路，我終於來到那植著白皮松的山腳下，走進了那由一座舊式四合院改建的圖書館。落雪的日子，冷清清的沒有另外的人來借書，我坐在一個靠近窗口的座位上，自那位老館員的手中，借來了那本斯蒂文生的《寫作的藝術》，一本裝訂得很精緻的書，書眉上有密密扎扎的批註，這原是詩人徐志摩的手蹟，書的扉頁上有著他的名字。大概是詩人歿世後，由他的家屬捐到這圖書館來的。我一邊讀著，更欣賞著他那細心的批語，乃知他在藝術上的成就，半由於他的天才之高，半由於他的功力之深。望著窗外的雪景，不由得想起他的詩〈雪花的快樂〉：

假如我是一朵雪花，
翩翩的在半空裏瀟灑……

在雪天，無意中讀到愛雪花的詩人生前的存書，的確也算是一樁奇遇了。

傍晚回學校，天已放晴，但晚風淒緊，將樹上枝葉間的積雪都吹揚了起來，我欣然的張開手，接受這份銀色的貽贈。路過湖畔小屋，只見門窗緊閉，不知那位孤寂的樂師是踏雪去，還是買米去了。但我耳邊猶似聽到那淒清的月琴，聲音似為積雪所阻，顯得那樣低緩……

北地・江南

我生長在北方，燕冀的漠漠平原，曾是我生命的搖籃，更是我心靈馳騁的場地。

我愛北方，在那白楊蕭蕭的原野上，在那漫天飛揚的風沙中，我常常似聽到了古時候英雄的馬蹄，那帶點粗獷意味的北地風光，一望無際的紫色平蕪，同那荒丘上車輪大的嫣紅落日，最適宜做傳奇的背景了。

後來，由讀到的一些詩詞中，我更嚮往江南的景物了。不止一次，我默默的背誦皇甫松的詞句：

遙憶江南梅熟日，

夜船吹笛雨瀟瀟，
人語驛邊橋。

以及韋莊的：

春水碧於天，
畫船聽雨眠。

這些句子，在我的想像中塗上了一抹可愛的色彩。

在這些被春雨滴濕的字句中，我嗅到了一股溫潤的江南氣息。一次旅行中，在由滬至京的車窗外，我當真看到了夢中的江南春景，那山水畫幅的設色，更遠比我想像的簡單，卻遠比我想像的明秀，到處是一片深淺、明暗不同的綠色，一片溫潤鮮活的綠色，天空、山、水，是一片不同深度的鮮碧，只有緩飛的雲彩同蕩漾的漁船，是這綠色中唯一的點綴，車子在一片綠色中馳過，向著更遙遠的那一片深碧奔去。我出神的凝望著，自己也覺得變成了一縷綠色的煙雲。

北地也好，江南也好，祖國的土地上，沒有一方寸是不可愛的！曾有一位西洋作家說：「當我瀕危之時，閃過我腦際的，將是陽光照射著的祖國草原！」

多神聖的情感，多真摯的情感！每個人，都熱愛自己的祖國，那原像愛自己的慈母一樣的自然。一個人因為生於斯，長於斯，所以對一草、一木、一粒塵砂都有一種親切之感，在他的眼中，每一寸土都閃爍著異邦人所不能領略的美，更何況處處都留有祖先的手澤與腳印！

「雖信美而非吾土兮，曾何足以少留！」世界上任何地方，哪有自己的祖國可愛呢？他鄉雖美，終沒有祖國的土地惹人繫戀！你讀過那篇薩洛揚的〈還鄉〉吧，其中那個主角多感人啊，他覺得在自己的生地，水龍頭中流出的自來水也是比別處的甘美呢。

橋・友情

橋搭築在兩岸之間。

友情，聯繫於兩心之間。

在生命的道途中，我們有機會遇到了一些人，知識、心性形成了我們精神上的契合點，也成為一道友情的橋樑，搭築於兩心之間。

但有時候由於疏忽、過失、誤解，竟使那道橋樑上出現了漏洞，終於坍壞了，我們無法由此岸達到彼岸，兩心之間的交通站竟然完全斷絕，昔日甘美友情，轉變成傷心的回憶。

由於友情橋樑的坍毀，友人與友人之間，乃成了相隔遙遙的星球。

在靜寂的清夜，多少人懷念著失落的友情，而感到無限的憾恨。純真的友情雖已失落多時了，但它仍然發著精金般的光芒，在回憶中閃爍。多少人希望那隻被自己握持過的手又來叩敲門環呵，雖然時光已過去很久了，但他或她的笑語，仍似燕子般在寂靜的空氣中飛翔，他或她坐過的位子上，仍似留有餘溫，由那隻手插在瓶中的花朵，雖已枯萎多時，但芳馨猶未散盡，時光正如一本寫得很動人的書，篇篇頁頁上，都寫著他或她的名字。

但每個人只願在那裏等待，而不肯出去追上那猶未去遠的背影。從不想將自己的疏忽、失誤加以補正，重修好了那道坍壞的橋樑，使失去的友情再渡過其上，來到自己心靈的門前。

打開抽屜拿出一張箋紙來吧，只消寫上幾行就夠了，真實原是最簡單也最感人的，固無需過份的渲染、修飾。

披上那件風雨衣，登上友人那座寂寞的小樓吧。（不要擔心那友情的門扉已經上了鎖，以純真的友情鑄造一把鑰匙吧，那把鎖還未曾完全鏽了關鍵！）

等你重新修好了那道友情的橋，你將看到他或她自橋的那一端向你走來，臉上湧現著那樣燦美的笑容，原來在隔絕期間，他或她並未曾將你遺忘！

當在橋上再度相逢時，你會想起那樣的詩句吧：

在許多無名的星星
吐露微光的片刻，
我們在新的面幕下
又看到了愛友的臉。

河

可愛的阿芙頓河，緩緩的流吧，
自你那綠色的邊岸中流過，
可愛的阿芙頓河，緩緩的流吧，
我要為你唱一支讚美之歌。
……

——勃恩斯

每讀到這一首詩，我就想起故鄉中那道澄明小河，它像是一道玉石的項鍊，將那樸素的小鎮綰了起來。河邊種有很多的柳樹，河對岸就是

一塊平坦的打麥場，每逢收穫的季節，馬兒在麥場中拖了壓麥的石軸馳騁著，鞭聲和馬兒頸際的鈴聲，斷續的傳來，和小河的流水聲配合在一起。憶起這一道河我曾經寫了一首短詩，其中有一段是：

半個翠環似的小河，
舒著清且媚的柔波，
柳蔭和魚兒嬉戲其上，
更照見了白色的浮雲同我。

每個人的生命都像是一道小河，沿著它的邊岸向前滑流。小河向前滑流著，它有時快活的歌唱，有時悲哀的嗚咽，它的終點是遠處那浩瀚的大海，什麼也阻擋不住它向前奔流。小河自上流飛奔而來，也挾帶來一些泥沙，一邊向前滑流著，一邊將泥沙散留在河床上，使之沉澱，（宛如一個人將他的憂愁，煩惱藏放於他的心底。）絕不使它妨礙了水流的澄明。

此刻，我靜坐窗前，又似看到了那五月中靜謐的故鄉小鎮，蜻蜓的透明翅膀，與朵朵的水蓼，在小河的畔岸上織著一個夏天的夢。

小河自河底的泥沙及卵石上流過，唱著它永無休止的歌，白色的水霧在河面升騰著……

流吧，緩緩的流吧，
可愛的小河，
是生命的喧響，
譜成了你終古以來的長歌。

曲澗

室楹空靜，我又似聽到那個美妙的聲音了。

那輕細、有節奏的流水聲，又響澈了我的記憶。

水上湧現著細細的碎紋，漾現著小小的漩渦，上面飄著的是什麼呢，是一瓣瓣的落花，還是一瓣瓣失落了的日子？

那是一個初夏的午後嗎，蟬在嘶叫著，大地在日光中暈眩了，地面上氤著一股股白色的煙霧，我到處的走著，尋覓著生活中的一片清蔭。

終於我又來到那裏，那一座繁華消歇的名園。我站在園中那座建在水上的、船形玻璃小屋前，聽著那幽細水聲，這聲音不知曾向多少人訴說過那陳舊不變的老故事了，它永遠在訴說著：世間有點事已經逝去，正在繼續……

水，原是自附近那座山上流了來，輕輕的咬嚙著它那綠色的曲曲折折的邊岸，形成了一道彎彎的溪流，我俯首下望，水光將我的衣袂映照得發藍了。望著水底那些晶瑩的卵石，那些謎語般來去飄忽的小魚，我覺得自己是來到柳宗元〈小石潭記〉的背景中了。

忽然，一陣叮咚的琴聲，自水邊那座房子裏傳了過來，一個遊人告訴我，那間屋子前幾天才被一個音樂家租了下來，現在他在彈琴了。

我站在那裏，聽著那琴聲在水上渡過，一陣急促，一陣低緩……我凝望著那座屋子的生苔牆垣，和牆裏的那個月亮門，悠揚的琴聲就自其中流了出來。

許久，許久，我呆立在那裏，是那神秘的水上琴聲將我的形體化成石頭了，只有我的心靈還在應著琴聲的節奏跳動著。

不知過了多少時候，琴聲忽然止了，只有水聲還在向黃昏絮語著，水邊的柳條在輕輕的飄動，似仍想撲捉住那飛揚而去的一個個音符。

我仍木然的站在那裏，流水早將琴聲送得遠遠的了，我若有所失又若有所得……

自聽到那次的琴聲後，我更發狂似的熱愛上音樂，我竟也想作曲了，我覺得一個個的音符，自靈魂深處的痛苦中迸發，在內心韻律的引導下，我寫成了一支支並不諧和的生命之歌。

彷彿有一個哲學家，對我們曾經說過：

珍惜生活中的缺陷吧，
音樂即將自那缺口處流了出來。

水草

我住處的附近有一道溪水，水流很急，水色很清，水底有一團團的紫色水草，凌亂、糾結，宛如詩人的愁緒一般。

我每次在溪邊散步時常常看到有個年輕的女子，挽著袖子，赤著雙足，站在水流中撈取著水草，一綹綹的將它們擺在她的挑筐中，在蒼茫的夕暮中挑了回去。

她日日做著這單調的工作，臉上沒有一點笑影及青春的光彩，卻籠罩著一層暗影，宛如水草上那深色的暗影一般。

看到她時我不由得聯想起那篇英國赫孫寫的〈海草〉中的那個婦人，雖然那篇的背景是英國的海邊，但我覺得這兩個人物中有著那麼多的相

似。赫孫的文章中有一段是：

「那毫無笑意的眼睛，表現出難以描繪的悲哀，宛如第一次我乍看到時的那種樣子。或者，她現在並未感到悲哀，而當一切的歡笑，一切的情感都消失了之後，她已不復存有什麼回憶，她不再懷有什麼希冀，往昔的悲情在她的眼睛中卻永遠留下了陰影。這也是我的幻想同猜測，但她的神情是太奇特了，如果說她是自另一個世界上來的，我也毫不覺得驚詫。」

每天我看她彎著身子，吃力的撈取著水草，然後又蹣跚著將那沉重的滿是水草的挑筐挑了回去，我有時覺得她挑的不是水草，而是生活的重擔。她原本可以選擇一種輕快的、毫不費力的工作來過活的，但是，她卻挑選了這相當辛勞的一種，也許這是她的家中數代傳下來的謀生方法，也許她願在這寂寞的山村中，靜靜的溪流裏撈取自己生活的所需，而不願到廣大的世界中去與人們爭取什麼……她那消失在暮色中的背影，常常使我想到一個背著十字架的聖者，一個熱愛寂寞的智者。

最近好幾天未曾看到那個年輕的撈水草的女子了，但她的那雙神秘的、籠罩著悲哀影翳的眼睛，一直在我的眼前閃爍著，無聲的向我說明了一齣生命的戲劇。

半生以來，我看到過不少的面孔，一些美麗高貴的，一些平凡親切的……那些面孔上的眼睛中，有的透發著笑意，有的沉澱著悲哀，但是沒有再比撈水草的女子的雙睛，更使我難忘。那是純潔、善良如同鴿子的一雙圓圓的黑睛，其中閃現著悲哀的陰影，宛如一支無聲的哀歌，時時縈迴於人的心中……

城

你在這書報砌的方城中停留得太久了。
由於長期的幽居，你想像的翅翼已是奮飛無力了。
出去走走吧，城外的風光怡人，田塍間開遍了毛艮花，燦爛得有如燭光。

在寂靜中，有一個聲音向我發出了如上的勸告。
於是，我關上門向城外走去。郊原在雨後顯得那麼神情煥發，陽光又為它加了一條新麗的披肩，遠山藍得那麼可愛，浸潤在日光的金影裏，宛如一篇故事中所說的幸福島。
清涼的小風將我的衣緣吹了起來，更將想像的雲遊鳥吹送到遙遠的

天邊。

大地顯得多麼遼闊呵，沒有什麼形式古怪的現代建築擋住我的視線，只有農人們臨時潦草搭成的小棚子，歪歪斜斜的藏躲在老樹濃蔭裏，幾片白雲低偎著地平，等待著好風將它們放牧到遠方。

無際的天空與田野，雲朵、陽光在一齊唱著他們無聲的夏日之歌，草棚附近，有幾個村女在忙碌著，以她們揮動著鋤頭的手臂，指揮著這支壯麗合唱的進行。

我悄然的在樹邊站著，在這幅巨大的畫圖中，我不知道該把我的身影安置在什麼地方。我原也應該是這村女中的一個啊，我當初為什麼自她們的行列中逃脫了出來，將自己禁錮在書城紙壁中呢？

在書城中度過的一些歲月，實際上是等於徒勞，我並未在書頁中發現智慧的花朵，也未曾在文字的密葉底下，尋摘到果實。

但在書城中幽閉的歲月中，我將其他的事，完全忽略了。生命交給我的工作我都未曾做好，所以，末了我自我那個「現實」的主人處領取到一份「痛苦」的工資。

多少時候以來，我想不出解脫的方法，我仍在我的書城中亂翻著書報，繼續著去領我那份工資。……一日日的過去，我當真有點焦急了，在我還未來得及在書城中讀完幾首小詩以前，白晝就快完了。

……

我那麼想著，就自城外走了回來，但我覺得並未白白的走了這一遭。我決定自明天起要以一部分時間來俯瞰城外的景色了。

法國的蒙田 (Montaigne) 一生中有十五年的時光是在他的磚塔中度過的。

但他並未忘記自那高高的塔上俯瞰地面。

池

一片積潦，一方池塘，清澈的水面上，也能反映出一片變化無窮的雲天，所以也能予人無限的美感。

明代的文人王心一，最能自一方池水中領略那無窮的美趣，最妙的是：他特別喜歡的是那「小規模」的池塘，記得他在一篇文章中曾表示過，他常喜坐對盂水硯池，看到此半勺之水，與窗外的天光相映，他便插了想像的翅翼，直欲飛溟海，一泝洪流。他真可以說是一個能在一滴水中見海洋的詩人了。

白香山也是一個喜愛池水的人，他曾有一篇題為〈池上篇〉的文章，在文中自己說有十畝之宅，五畝之園，有水一池，有竹千竿……我們由

這簡單的敘述中不難想見他那一池靜水，旁的優美風光在修竹的環繞下，那片池水自然會像一杯綠酒，盛放在碧色環珥的杯盞裏。

我也常常想在後院鑿一方池塘，那不止可以在地上看到星輝月華，且可任自己的想像乘著黃葉的小舟，在水上獨來獨往。曾有一位極其詩意的朋友在他門前的水溝裏種上睡蓮，居然開了花，我也希望我的池中能綻開一朵那「茵夢湖」中的花朵。

但最美的池塘還是上天砌造的。我曾在畫片中一個牧羊女的臉上，發現了最澄澈清明的池塘，更曾把這印象記在一道短歌裏：

造物曾砌了兩座池塘，
賦給它們無限的美麗，
有時掠過憂鬱的雲影，
偶爾投射出微笑的星輝，
水面波動著無聲的音樂，

但誰能全懂它的旋律？
小牧女，你有兩隻深邃的黑眼睛，
比世間任何的池塘都美，
我常來到畫中幽悄的池邊，
作無言的逡巡，
欲窺池中央那個小圓窗裏，
映現著誰的影子？

瓶花

一瓣瓶花搖落了深秋，
像小舟，悠悠。

這是早期的新詩人沈祖牟的一首詩的開端，這兩句原無甚奇妙處，其所以深獲我的喜愛，大概是由於他寫到瓶花的緣故。

很多年以前，在一位被稱為「閨秀派」女作家的書齋內，我看到一瓶花，如同讀了一首象徵派的詩，至今難忘：白色的小室中，一隻古銅瓶內有一根孔雀翎羽，伴著一朵猩紅的玫瑰，雀翎的炫麗，正好陪襯出花的靦覥。

我的案頭，經常有一瓶花，如此，我足不出戶，就能看到大自然的微笑。

幾年來，自己搜購的，及朋友們贈送的花瓶，也有好多隻了。在不同的時季，我以不同形色的瓶子來插花，使這簡陋的斗室中，經常有一點生動的色彩。

那隻天藍色的玻璃花瓶之來到我的案頭，像一個有趣的故事。一天我到學校去授課，回來時見到桌上多了那隻玲瓏的瓶子，其中插了一束百合，更斜插了一枝秀逸的水松，但送花的人並未留下姓名。準確極了，以後每逢我有課的那天，回來後必見到花瓶已然換過了，櫻草、波斯菊、虎耳草……每次花朵皆有不同，但姿態顏色，配合適當，分明是出於一隻巧妙的纖手。

我猜不出那位贈花者是誰，向代我照拂門戶的老婦人也探詢不出，一天我在到學校之前，就寫了一張字條，壓在瓶下：

「如果只讓我看到花，而看不到插花的那隻手，我就連花也不接受了。」我想，我認識的幾個小女孩中之一，可能是送花的人。

後來我知道那贈花者果真是我猜想中的那個女孩，她說她願意我每次看到新鮮的花，並猜猜這由花製成的謎語，以解除生活的岑寂，小小年紀，居然用心甚苦。

去年，當我離開北市的那天，有許多位好友來車站送我，一位好友自車窗外遞來一隻水綠色的瓷花瓶，那時刻，更自站外匆匆跑來一個著白色羊毛衫的小姑娘，送給我一大把新開的康乃馨，車開行後，好多隻手向我揮招，我聽到她們彷彿在說：「看到瓶花，就如同看見我們這些送行者一樣。」

歸途中，芳香盈滿我的懷袖。多少位旅客，向我投來羨慕的眼光，我有一瓶花，還有更美麗的友情。

當友情的花片，繽紛於你生命的道途中時，你真可以說是一個幸福的人了。

石屋

多少年前，這湖邊有一座石砌的屋子，唔，石頭砌的，白色的石頭。

「想一想，孩子，該是多麼美麗的光景，一座玲瓏的石頭屋子，那麼光潤，那麼整齊秀麗，遠遠的望去，整像一隻溫馴的白鴿，才洗刷淨了它的羽毛，停留在清澈的水邊。」

適間檢視舊稿，又發現了如上的幾行：多少次我寫到了湖邊的石屋，那堅實而簡單的白色小屋，實代表著我的一個理想。

（我常常想，住在那石屋中的該是一個懂得詩與美的人，最重要的是，她該有著一個細緻的靈魂，一顆多感的心。）

我更在想像中為那間石屋懸起了一盞大的玻璃燈盞，一盞青色的紗

燈，每晚，它閃發著淡淡的清光……

……

關於白色石屋的想像，是什麼時候開始織造起來的，我已記不太清楚；我只記得幼年時，在村前一片盛開的杏林中，看到過那一座玲瓏的建築，是石頭砌成的，兩扇門緊緊的關閉著，推敲不開，直到現在我也弄不清楚到底是一座小廟，或是誰家的祠堂，抑或林下隱者的居處，只是那座稜角整齊、雅潔可愛的藝術品一般的屋子，給我留下了難忘的印象。

前些天偶爾看到一本書，那位作者在一篇文字中，也曾經描繪出一座白石的屋子。他並且說，他希望以畢生的精力來建築這樣的一座小屋，設計簡單，色調素樸，但是，它不怕風，也不怕雨，千百年後，它仍屹立在山麓或水濱，供無數的人欣賞。

我將那篇文章讀了又讀，另外一座白潔的石屋，又出現在我的眼前了。我猜想那位作者所寫的屋子，乃是象徵他在藝術上的創造，他願窮畢生之力，寫出一篇感人的作品，也許那作品沒有宏偉的場面，炫麗的描寫，而它因有堅實的內容，故能經得時代飄風急雨的考驗。如果作者能夠在文章中把握住永恆——一座石建的小屋，將永遠點綴著大地上的風景線。

而那間小屋中懸垂著的玻璃燈盞呢，——它散發著的將永是仁愛的光輝……

琴

窗外落著微雨，天氣異常燠熱，但夾雜著雨點的小風，卻帶了幾分寒意，我覺得快樂，又覺得苦惱，這份苦與樂是沒有來由的，好像那來去倏忽的仲夏風雨，吹旋、灑落在我的靈魂深處。

我渴望聽到一陣琴聲，一陣優美琴聲，伴著細雨洗滌一下我的心靈。

但是我的琴早已失去了，壁上空掛著那空空的琴匣，並且，即使尋了來，我也早已忘記了如何彈奏。我祇有默默的思憶一些讀到或聽到的關於琴的故事，來愉悅自己。

我最先想到的是那篇〈碎琴記〉，那個關於俞伯牙鍾子期的古老故事。

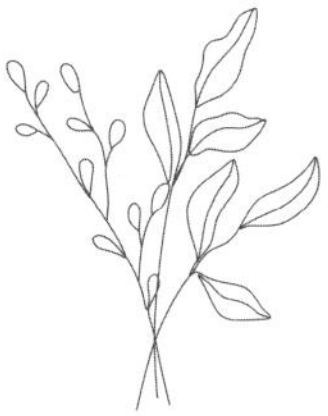

根據那段傳奇式的記載，晉大夫俞伯牙的小船行至漢陽時，正值舊曆仲秋之夕，一陣疾風驟雨，使他不得不暫時泊舟於山崖之下。不多時天淨雨止，一輪圓月，像一只銀製的天秤盤，出現在微藍的天上，一片清光，照耀著水湄山岩，他一時興起，乃輕撫琴弦，彈奏了一曲〈仲尼嘆顏回〉，卻未想到被那在月明中立於荒山之下的樵夫鍾子期聽到了，一個廊廟中的大夫，一個村野裏的樵夫。一絲奇妙的琴聲，卻使他們的心靈契合。乃至子期過世，伯牙重遊舊地，撫今思昔，不覺悲從中來，遂將那心愛的名琴，擺在子期墓前的石臺上，一邊撫弄，一邊清淚沾濕了哀弦，但一些聚觀的村童，聽到他鏗鏘的琴聲，卻鼓噪譁笑著散去。他們的喧笑，更增加了伯牙的哀戚，遂拿起那價值千金的瑤琴，摔碎在地。「歷盡天涯無足語，此曲終兮不復彈。」他之「三尺瑤琴為君死」，原以答謝他的知音於地下，也是向那些譁笑的村人，提出無言的抗議。這一幕「玉軫抛殘，金徽散亂」的悲劇，實道出了千古藝術家的寂寞！

本來，那清響幽雅，悲壯悠長的琴聲，原是來自彈奏者的心靈深處。

音樂家將自己的熱烈情感，化為逸響新聲，而只有聽眾中的知音者，才能將這節奏音響，復化為情感，而道出了：意在高山，志在流水。

音樂以及一切其他的藝術，皆是藝術家以自己的心靈向聽者、觀者、讀者的心靈傾訴，來自他（她）們心中的一絲清韻，也代表著生命中至美的精粹。倘由作者的生命之聲，而感到自我真生命與宇宙的交感和交流，那才是真正的藝術鑑賞者，而同時也就是神奇琴弦的真正知音了。

自己

好多年前，我曾寫過一篇類似散文詩的東西，那篇淺薄的短文，後來曾收入一本散文集中，全篇的大意是：有一日我在一道迴旋玻璃梯上走著，對面來了一個女子，穿著藍色的衣服，我問她是誰，她只微微一笑，並未回答。我又追問了一句：「你是誰呢？」她仍然默不作聲，寂靜的空氣中卻傳來鳥鳴一般細碎的聲音：「自己，自己！」這聲音好像是帶羽翼的，飛了過來，又飛過去，這原來是我自己嗎？何以對我是如此的陌生？我們一向忙著認識別人，反而不大認識自己了。……我想著想著，不覺入神了，一跤跌下了那螺旋形的樓梯，我驚悸的醒來，發現自己手中的圓鏡已掉到地上。

一個人能夠認識自己，知道自己的過失與缺點，時時不忘像個雕塑家般，揮動著斧鑿加以修正，使自己的靈魂日臻完好，是可讚美的。同時，我們應該謹記雪萊的那句話：「藝術的本源在仁愛」，而擴大自我，使自己的生命與宇宙、人類的大生命化合，使自己的作品有博大而深刻的內涵。

但在藝術的創造上，卻也不可完全失落了自己，當年曾經有一位名作家囑告一個初學寫作者說：

「記住，不可加意的模倣別人，如果在你的文章中只尋到別的作者的音容笑貌，而找不到你自己的靈魂，又有什麼意思呢？在文章中能形成自己獨特的作風，此創作之所以為創造也。」

曾經有一個雕刻家完成了一座雕像以後，自己在觀覽欣賞之餘，一連說了三句話來表示他的得意，那三句話是：

「我自己」，「我自己」，「還是我自己！」

實際上，他當年雕刻的是什麼，如今已渺不可考，那可能是他自己的塑像，但也可能是一隻獸，一匹馬，他所以摩挲再三，無非是因為在一斧一鑿之中，流貫著他自己的創作精神而已。

佛羅貝說過，他那篇小說中的女主角波華荔夫人就是他自己，我們常常覺得他這句話非常的可笑，但仔細想想，一點也不可笑，這似是幽默的句子，實在是很嚴肅的一句話，他是用全力創造出這個人物，所以他當然可以說那是他自己。

我願意今後更多鍾鍊自己的文字，形成獨特的風格，寫出我們這個民族「自己的感受」。這也許是一個才短如我的人永不能達到的美好理想吧，但是，「雖不能至，心嚮往之。」

鷹的夢

偶得空閒，我總喜歡仰望那一道夏日的長空，那藍如潭水的天色，那大堆的，凝止不流的白雲，如同一張名畫的背景。我常以自己的想像，在上面補畫上一隻鷹鳥，任它在雲天之間盤旋往復，畫著優美的弧線……

記得幼時在一個深冬的夜晚，大雪封閉住門窗，燈已將熄，爐火不溫，我偎在祖母的膝前，等候著那到鄉村去上學的叔叔歸來，祖母一邊摩挲著我的面頰，一邊對我說：

「不要睡呀，聽我為你講鷹鳥的故事……

「當獵人們捕射到一隻大鷹的時候，他們就將它縛架在一根粗大的樹枝上，整天由幾個人輪流來看守它，孩子，你知道，大鷹的近邊，是

不能片刻沒有人的……」

我回過頭來，凝望著祖母那閃著笑容的多皺面孔：

「把它關在籠子裏不就夠了嗎，為什麼還要看守著它呢？」

「你知道嗎，那是怕老鷹睡著了啊。祇要看到它偶一閉目打盹，旁邊的就用旱煙管在它的頭上敲擊一下，使它醒過來。」

「祖母，那些獵人為什麼不讓大鷹睡覺呢？那它多可憐啊！」我揉著眼睛說，濃重的睡意似也爬上我的眼皮了。

祖母笑了：

「那是怕它睡著了會作夢呀。人家都說，獵得的鷹鳥到了我們平地上以後，它會感覺著非常的不習慣，如果它偶爾睡著，就會作夢，而在每一次夢中，它都會夢到昔日棲遊的地方——那些高山、深林……大概它也會夢到那廣大的天空，清涼的山泉，那麼醒來之後，它就更想著飛走了，如此一來，就更不容易飼養了。所以，獵戶們都不許它睡覺——連打盹兒都不許，免得它作夢。」

我那時並不了解這個故事的深意，只為那隻不幸的鷹鳥感到十分難過，未及等到門外傳來晚歸的叔叔的腳步聲，我的頭一歪就睡著了。第二天清晨，我又繼續向祖母追問著，那隻鷹鳥到底打過盹兒沒有，到底作過一次夢沒有，夢裏可又曾看見它那深山叢樹中的故鄉了嗎？

我的枕上也是常常飄著鄉夢的，因而常常想起那隻故事中有著懷鄉病的大鷹。

我以想像補畫在藍空中的鷹鳥，此刻似又在展翅翱翔了，我愛這隻鳥兒，為了它那神話中海勾力士般英爽的姿態，更為了它那使人感動的、眷戀故土的深情！

愛琳

「愛琳是誰呢？」一些朋友看到了我的那本小書《愛琳的日記》後，寫信來向我詢問。

趁著雨後清涼，我就在窗下展紙濡筆寫上幾行，以代覆信。

記得盧隱女士寫過一篇小說，題為〈或人的悲哀〉，吉辛（G. Gissing）寫過一部《瑞克若孚的手稿》，雖然我那本書的內容絕不能與這兩位大家的作品比並，但題目卻有幾分相似處，倘若問愛琳是誰，那就好像問瑞克若孚是誰，問或人是誰一樣了。

我可以說的只是：天地之間，若有人焉，其名愛琳。愛琳是一個極其平凡的人，但她是以一股不平凡的精神來處理生活，在她默默的低著

頭走畢人生全程時，她要給世間一種餽贈，那就是她的「愛心」。

愛與恨原是我們人類最強烈的一種情感，愛是最美的一種情感，而恨則反是。一個以愛還愛的人並沒有什麼偉大，那「愛」不過只是愛的映影與回聲，而一個以愛來「回答」恨的人，才真正可以說是近乎聖者，記得拜倫有一句詩：——

Yet thought I cannot be beloved,
Still let me love!

想不到這個被稱為有「千種罪孽，一種美德」的詩人拜倫，竟寫出這偉大的詩句，寫這一句詩的靈感，也許就來自他那一種可讚的美德吧。推其詩句本意，乃在於我雖未得到人間的溫情，但我仍願以仁愛對人。僅實踐這一句話，已可使人超凡入聖，我想，愛琳就是這詩句的實踐者。

在《愛琳的日記》中，我們似看到了一幅圖畫：在人生的荊棘叢中穿過時，愛琳的頭巾上已滿是棘刺，她的面頰也被刺傷，但是，她仍舉起來吻著那尖利的棘刺，直到她的頰上現出了更多殷紅。她一邊走著，更一邊唱著小歌，同時，將籃中仁愛的玫瑰沿途散落，使她走過的徑路上，充滿了芬芳。她在日記中說：

「有一些孩童接受到我仁愛的餽贈，卻連個聲音與微笑都沒有，只漠然的走開了。我想，我不該為此怨嗟，我覺得也許給予的大概還不夠，我要將她（他）們喚了回來，給予更多的，直到那無表情的眼睛中，充滿了笑意。」

愛琳就是這樣的一個人，她渺小而平凡，我們在日常生活中，時時可以有機會遇到她，而我們卻不曾注意。但終有一天我們會感覺到那光影的閃爍，她手中所持的仁愛之燭，將照澈了我們幽閉的心靈。

信

我和一些朋友們一樣，最喜歡接讀來信了。那個小小的神秘的封袋兒裏，封藏著的是遠方的聲音，親人友好的心意。

偶有閒暇，我也喜歡讀一些「尺牘文學」，唯其因為作者並非刻意為之，祇任著一枝筆在紙上信步而行，想到那裏，就寫到那裏，所以純樸自然，每成佳構。

而每讀到一封信，我的眼前就會浮現出一個踉蹌於曠野中的身影。抗戰末期，為了奔向自由祖國，我和同班的素同玲結伴離開北地去到山城。旅途中自豫省至界首的一段，公路全遭敵人破壞，地上泥土翻裂，如同黃河滾滾濁浪，一望無際。我們三人各乘一輛單輪的架子車，

透過了睫毛上的土塵，凝望著原野中一片蕭瑟的黃昏景色，十幾里的路途中，只有一輪微紅落日，伴送著我們，此外，只有那車夫的語音同輪子的轉動聲了。在漸濃的暮色中，前面忽然出現了一個黑色的影子，及至漸漸走近時，我們才發現那是一個清癯的中年人，著了一身灰布衣裳，手裏提了一個葦編菜籃，步履踉蹌的急遽走著，雖在已寒的晚秋十月裏，他仍不時的用衣袖拭著額上的汗珠。

我那幾年正讀哈岱的小說入迷，等那個怪異般的身影閃過去後，我不禁向我的旅伴們說：

「這一個人真像是從哈岱的小說裏走出來的，你看他那清癯的面孔，那黯淡的衣裳，再配上這荒野裏的落日……」

「真的，怎麼在這樣一個地方還有人拿著菜籃子去買菜呢。」心性樂觀的素用幽默的口調說著，我們兩個人都笑了，在這艱苦奔赴自由祖國的「天路歷程」中，我們還是第一次笑得這麼開心。

沉默寡言的玲聽到我們的笑聲，乃插進來說：

「我聽別人講過，這是郵局裏的信差啊，這一段路沒法通行別的車輛，但像我們坐的這架子車又太緩慢了，他只有徒步走過這一段路，把信件送過去。」玲倒底懂得多一些。

聽到她的話，我和素睜大了眼睛，一齊凝望著那溶化在落日微光中的背影，發出衷心的讚美。他的菜籃子裏裝的原來正是人們的精神食糧。他每日走著孤獨寂寞的路子，將祖國的信息帶給淪陷區中生活在暗影裏的人們，真正春天的使者並不是長著翅翼的小仙子，而是他——那個提著菜籃的人。

如今我每次將一封信投入綠色郵筒中時，我常常聯想到那個裝「信」的葦編菜籃，更向那個無名的奔馳於荒野中的信差，遙致祝福。

蔭

我的窗外是一片綠。

龍眼樹、番石榴、羅漢松，還有那株開著細碎黃花的田青樹，各以細枝密葉，將我的庭院圍困起來，窗前那一片空地上，是一片綠色蔭影的海。

因為很久未曾刈剪，院兩邊的樹枝竟然銜接起來，形成一道拱門，那樣低的一道門呵，我的小女兒走過時竟也要低下頭，（走過了這道拱門，便是一個清涼的世界。）這不禁使人聯想起那低而窄的天國的門戶來，每看到小女兒活潑的低垂著頭頸跳躍而過時，我常常笑著想起兩句話：「除非你變成一個天真的小孩子，你才能夠走進去。」

孩子們更在那道天然的拱門上懸了一盞做玩具用的黃色圓燈，抬起頭，每使人有一燈如月之感。

我有時倦了，就走出書齋同廚房，在那一片綠蔭裏將自己隱藏起來，任著幻思在枝葉間結網，夢想在樹與樹之間漫遊。聽著群鳥、午雞和不遠處農場的雉雛，在這靜謐的綠色海洋裏攪起泡沫。

在這個翠色的神秘音樂廳裏，我和小草是坐在一起的聽眾，我想，小草比我更了解大自然的音樂，（只是它不表示出來而已。）因為，那些能夠發出美妙音響的東西，在造物者的譜系中，與小草有著更近的親誼，不過我想我也不妨將那些可愛的聲音文字譒譯出來，即使我譯得不妥，又有什麼關係呢，沒有人會指摘我的，因為，鳥鳴、雞啼、蟲唱……也都和泰戈爾說的蜂鳴一般，其意義是早就失傳了。

坐在樹蔭裏，有時聽到一根樹枝落了下來，一枚果實帶著笑聲，一片葉子帶著嘆息……單調的聲音，但也是一個特別加重的音符！側耳靜聽這些聲音之餘，我也聯想起一些讀過的詩歌，那些作者有的早已不在這世界上了，但是，清音未遠，並且更為響亮了。這些原都是發自作者心中的聲音，當初，也許是極其微弱，不易為人聽到，一個小販的鈴聲，一個孩童的笑語都可以將它壓下去，但是，在幾百年幾千年後的今日，那些干擾它的雜音已沉寂，當初那最微弱的聲音，乃成為最響亮的……

我就那樣坐在那裏，聽著，……日影漸斜，蔭影更深，而那來自詩人們心底的聲音，更格外的響亮動聽了。

箋

女詩人來了信，說在她小房子的四週築了短籬，在籬邊栽上了一種名為七里香的植物，她說希望等這植物長起來時，清芬遠揚，淨化塵雰，她更說擬在後院開鑿一方池塘，養幾條金絲鰻、小黃魚，然後，持著竿兒坐在一旁，釣取池中的魚兒同池底的靜謐，她的信寫得那樣簡單，但是美好如詩。她的詩也寫得清新而自然，且富有哲學的意境，只是她寫得不多，並且不喜歡發表，故知者甚鮮。如今她隱居在北部的鄉下，在一座小樹林後，一片甘蔗田的旁邊，陪著她的詩神，她的孩子，過著極其純樸而恬適的生活。我常常想，有人總愛談到什麼生活的藝術，但真正懂得生活藝術的人是她，她自己的生活本身就是藝術，但她並不曾理

會，這才是她值得使人讚羨之處。

她的清純的詩句，充滿了田園之趣的生活，都使我想到愛默森，那個呼喚人們回到自然去的美國哲理詩人。愛默森常喜歡在他所住的鄉野林間漫步，在寂寞中擬想著他的詩句，而女詩人也是如此，她甚至以「沉思」二字作為她的筆名，可見她之喜歡耽於思維了。

在給她的覆信中，我寄給她一張羅丹「思想」的雕像的圖片，並附一首我昔日譯的愛默森的詩：〈你的眼睛仍然閃爍〉：——

你的眼睛仍為我閃爍，縱然是迢遙的，
我獨自在大地或海洋上飄行：
好似我注視著黃昏的星點，而它並未看到我的身影。
今晨我攀登霧籠的丘山，漫步過那片牧場；
你的影子在我的前路舞蹈得多麼生動，
在那露珠的深邃的眸子之中。

當紅雀伸展它暗色的羽翼，顯露那火焰的一面；
當玫瑰在枝上嫣然，
我讀得出你的名字在二者中間。

今夕，我希望沉思妹自那多蔭影的小樹林中推著嬰兒車歸來時，能
看到我的那封短簡。

椰

我喜歡那亭高的椰樹，它使我聯想到故鄉小山坡上的白楊。但椰樹似乎更可愛一些，因為它不似白楊的喧嘩多語。

我住處的附近有一株椰樹，隔了窗子我可以看到它，不止一次，我向它默致讚美：

「瀟灑臨風的長椰，你高出眾樹，昂首天外，旁若無人，枝葉輕舒，當我執筆沉思的頃刻，靈感的足步常隨了你那曼妙的旋律起舞。」

有時在黎明我看它，在銀亮的曉光中光彩煥發，枝葉微動，神態莊嚴，似是一個詩人將自己整個的生命化成了一枝不朽的大筆，向著雲，向著天，寫下了他無限的愛與熱誠的祝福。

傍晚時分，好奇的星光齊集它的樹頂，向它探詢一日來人間的劇情，它只偶爾做幾句簡單的回答，但那簡短的答語，每引起星光的深思。

有時在風雨中，它發出微帶著沉痛意味的聲音，它不是在說話或嘆息，它是在祈禱，為了風雨中的世界，為了風雨中的人們，那聲音是那樣的感人，使人想到流浪街頭的一個天才歌人，雨濕了他的弦索，淚濕了他的歌聲，但每一個節奏，每一個音響中，都充滿了對人間的溫情。

但椰樹是寂寞的，天空在它的頭上，世界在它的足邊，迸發著繁花的灌木不同它生長在一起，它只寂寞的站在那裏，如同古希臘神廟前一根石柱，毫無表情的任著春天夏天自它的身邊流走，聽著季節的足步響澈了時間的長廊。

……

最近更在不遠處發現了一道兩邊生長著椰樹的小徑，我又有了一個散步的好地方了。一株株的椰樹，給那幽僻的所在增加了秩序與美。

每天走過其中，由那枝葉的颯颯絮語，我領略了一種新的東西。而自那一片綠色中仰望過去，我覺得每顆星子都有一種新異的微光，好像與昨天的有所不同。

禱

每天清晨，一個新的自我在窗內醒來，以充滿了喜悅的眼睛充滿了感謝的心情，凝望著一個嶄新的世界。舊的一切，一些憂慮，一些煩惱，都和昨天一齊去了，心靈內，溶溶漾漾是一池新的靜水。

如果能夠起身很早，可以看到晨光最初的微笑，聽到曉風第一個音符。在一片青色的曉光裏，樹木、花朵、青草都以它們最優美的姿態，最悅耳的聲音來表達生命的歡欣，而我呢，我將如何？

首先，我要表示我的感激，宛如我在一首小詩中所寫的：——

以曉空為頭巾，

朝陽做外衣，
我跪在芳鮮的青草上，
感謝度過昏沉、漫長的昨夜，
感謝這愛的又一日。

我感謝，感謝我又能看到新的太陽升起來，我又能呼吸著今晨鮮潔的空氣，感謝過去的一切已與昨日的夕陽沉落，而我又站在這裏，充滿了新的、活躍的生命力……

我更要託晨風代我播散今日萌生在我心上的第一個意願，我願意世界上的每一個人，遠方的近處的，相識的不相識的，生活在真理光影中的，以及沉埋在幽暗中的人們，都接受到我的祝福，願他們都有一個快樂的今天，一個光燦的明日。

那虔誠的祝禱，來自我的心底，藉了這禱語，我覺得似乎接近了整個的世界與全人類。我的心靈插了禱語的翅翼，在大地上到處翱翔。

一個哲學家曾經說過：你如何能夠愛人類呢，只有當你的精神與他們接近的時候。而你如何才能與他們接近呢，只有當你將他們包括在你仁愛的意念中的時候。

而只有在我們熱誠的為一切的人祈禱時，他們才能包括在我們的意念中。你越為他們祈禱，便越覺得愛他們，而所謂全人類都是兄弟這句話的意義，才得以顯明證驗出來。

讓我們自今起以祈禱的精神來度過二十四小時吧，使自己的言語、行為都充滿了良好的意念，使一日的二十四小時成為一朵朵的玫瑰，穿成一串愛的連禱。

一個人也許未信宗教，但是只要他充滿了愛，他便是個有信仰的人，他照樣可以向世界致其虔誠的祝福，——萬千個美麗的祝福聲，將無形中美化了這世界，一個意念，可以形成奇蹟。

笑

一瓣瓣的笑
往貝齒裏躲，
是雲的映影，
風的輕歌。

她又在笑了，那笑容像一道才溶的小溪，在她的臉上涓涓而流；她又在笑了，那清脆的聲音，使人想起比爾朋筆下那籬縫裏傳來的小鈴鐺。

「你原和我們一樣的過著板滯乏味的生活呵，有什麼好笑的呢？」

「有什麼事值得那麼高興呢，說出來也使我們笑笑好不？」

那位愛笑的現代的「嬰寧」，對我及一些朋友們始終是一個難解的謎。

「如果你們明白了我喜歡笑的理由，你們也要成為一個快樂的人了。」

一天，在朋友們的詰問下，她靜靜的回答著：「有人說世界是一片荒原，是一片大漠，但倘若你換一個角度來看，會發現世界原是初春的園林，當初把它看作一片荒寒，只是由於我們的眼睛有了毛病。記得嗎，如果以充滿了愛的眼光來看，則芳草無處不萋萋，一切都敷上了鮮麗的顏色。不只對世界如此，對人類亦然，倘以善的心意去接近他們，自會很容易的發現出人們的長處與優點，而不由得使我們發出衷心的讚美，而心中同時也會洋溢著一股真誠的快樂。譬如就文章來說，我讚美此人的筆調清新，那人的大氣磅礴，另一人的描寫委婉，其他一位的深刻感人……欣賞著各人的長處，世界遂也呈現出空前的美，這景象才使喬治桑說出了那句：活著，畢竟是可讚美的！也許有人說，我的讚詞是虛偽的，但是，你們要知道，那份讚美是發自我的內心，我並不一定要將它表現於言詞，並且，實際上並沒有人強迫著我去讚美，或者我要藉了讚美去獲得什麼，我又何必做偽呢。看到別人的長處，就如一個旅行家看到奇景一般，那份伴了驚喜的美感就是他最好的報酬。當然有時候我也無意中看到世界上一些人的可疵議之處，但以之與我自己的短處缺點來比，那就委實不算得什麼了。並且，倘以幽默的態度來處理它，就更會覺得那些是可憫，可恕，且是可笑的了，——當然，可笑的連我自己也包括在內。……我的人生觀是如此，所以我感到輕鬆而快活。」

「一個多麼可愛的朋友！」我如此的讚美著她，自己也笑了。

紫

如果我是一個畫家，我的每一幅畫都將以紫色為基調。

紫色，多麼神秘的一種色彩！它是那樣的生動，初春的枝頭的葉苞上，有著那樣的火焰在跳躍；它是那樣的肅穆，面對著臺前一幅低垂的紫色幃幕，你在上面只讀到兩個字：沉默。紫色，是那樣的溫暖，有如回憶中的慈母叮嚀；但又是多麼的富於感傷意味，正如一支憂鬱之歌，按照我們心上的旋律而演奏著。

自很多年以前，紫色便染上了我的記憶。

童年時一次隨著家人自鄰縣回到故鄉。隔著那馬車上藍玻璃的小圓窗，我遠遠的看到一團朦朧的紫色霧靄，聽到車夫逍遙的揮動著鞭梢說：

「快到了。」

越走越近，那團紫霧變得越淺淡，終於完全看不見了。及至被家人拉著走上故宅的石階，我悵然回顧，失望的問著：

「那片紫色呢？」

沒有人理會我的話，更無處去尋覓那片失去了的色彩，我感到說不出的難過。那片紫色大概是籠罩著村外樹林的煙靄吧，自那時起，對紫色我就另有一種感情了，我曾到處尋覓這一種顏色來渲染我生活的畫面。

我曾坐在丁香的花蔭裏，聽音樂的浪花捲來又去遠；我曾守望著牆陰一叢鈴蘭，這些十字花科的紫色植物，給予我的是附著輕愁的美感。我也曾夢想著——與華茨華斯筆下那大石旁的紫花，相對無言，我要體會出何以那欲溶化於暗影中的紫色花朵，在那位湖畔詩人的眼中，卻是燦爛得有如一顆最亮的孤星。

前幾日我偶因天熱微感不適，一個學生送了一大把花來，那紫色的花朵，幻成向晚天空上一堆紫色的煙雲，幾乎把送花者小小的面龐都遮沒了。

如今那一束花雖已將半凋，但卻在我的記憶中留下了一片紫色的影子。那永代表著關切與友情，寫出了這一篇〈紫〉，藉以表示我的感謝。

病

好幾年前，我即曾說過，我絕不願模仿一位古代的女詩人，我絕不以一聲嘆息，一點眼淚來解釋宇宙。我自恃身心健康，達觀而樂觀——自頭上的浮雲投下的一片暗影中，我也會尋找出美來，我以為自己對人間的憂苦與疾患都有了免疫性，遂大意的忽略了生活中一些細節，我不注意寒暖、疲累，只全心的致力於工作，而終為暑熱所侵，做了藥的伴侶。

最初，我未曾理會到自己是病了，只覺得手中那杯淡茶滋味越來越苦，而思緒也越來越凌亂，提起筆來，一個完整的句子也寫不出，我才知道我是病了，我的身心都患了病。

本來，小病一場在整個生活中來講，算不得是什麼壞事情，病中的況味，思憶起來，也頗值留戀。一帳燈昏，藥爐初沸之際，迷茫眩暈的頭腦中，時常有一些離奇古怪的幻思出沒，思想的步伐全部紊亂，衝破了時空的界限，使自己完全與呆板的現實脫節，而生活在漫遊奇境的愛麗絲的世界裏，不無新異之感。何況我原就是一個喜歡幻想的人，病中昏沉，更可跨上幻想的征鞍，在大漠、原野、林間、古道上疾馳……

病況稍輕減之後，我靜靜的在病榻上，凝望著天花板，細數著吊燈綢傘的流蘇，我思索著這次的病因，我自詡健康，然猶不能無感於氣候的寒熱，這的確算不得什麼真正的健康。能夠鍛鍊自己，修養自己，在酷寒燠熱中，仍感到一股溫煦的和風，撲面而來，才能完全免除疾疫。想到這一點，我遂漸漸的痊癒了。

病起後，我走到後院樹下面，與一些綠葉握手，和一些小草寒暄，幾日來幽閉病室之中，把這些最能安慰我的友人都冷落了。

隔了一道竹編的短短柵籬，我突感到了一點光影在閃爍，我看了那朵新開的玫瑰！她還是我病後第一個來探望我的呢，那鮮明的面孔給予我無限的快樂。我走近了她，向她低誦著我的半首小詩：

忽然，隔著那道短籬
一張粉紅的小臉向我微笑
呵，自那乾焦的土地上，
又掙扎著開放了
那小小的玫瑰。

在枯萎的葉叢，乾焦的土地上掙扎著，努力現出盛開之美的花兒，使我感到一股生命的強力……

綠

前天午後，我去拜訪一位前輩，閽者告訴我她正午睡方酣，我囑他先不要去驚動她，自己就坐在那客室的長椅上，等她醒來。

那是一間寬敞的屋子，壁上掛鐘的滴答，及遠處的市聲，更襯托出室中的幽靜，我對著那面落地窗，開始欣賞那題名為「盛夏」的作品。

最先引起我注意的是那幾片田青樹的葉子，它們在微風中有著極其美妙的律動，像是鋼琴詩人蕭邦的手，在輕撫著琴鍵，彈奏他那充滿了幻夢與色彩的圓舞曲……田青樹的旁邊，是一片絲瓜的葉子，平鋪如碧琉璃，什麼人住的宮殿，能有比這更燦美的屋頂！一條亮綠的絲瓜，已沉沉的垂下來了，誰知道這錦囊中藏了多少佳句呢？在一根輕細的藤蔓

做的指揮棒下，一片葉子服從著那音樂的律則，以下落的直線為弦弓，奏出了娲娲的微顫聲音，……我望著這一片「有色有聲」的綠簡直入神了，那家的僕人送茶進來時，微笑著看了我一眼，還以為這個訪客已經入夢了。

是的，當真可以那樣說，我的精神正在那片綠色中夢遊，一次多麼愉快的漫遊，我忘記了這是一個酷熱而漫長的夏日午後。

日影已經偏斜，那位前輩紗衣圓扇匆忙的走進了客室，向我歉然而笑：

「真對不起，讓你等了好久！我的家人都出去了，也沒有人來陪你談話。」

「我一點也未感到枯坐無聊，我才作了愉快的旅行。」當我欠身向她致意時，差一點說出了這樣的幾句話，那恐怕會使這位好心的老太太摸不著頭腦呢。沉吟片刻，我才改口說：

「您窗外這片庭園的景色真好看，像是一片綠色的海，使人看了暑氣全消。」

自那所宅子出來，我覺得我過了一個愉快的下午，那位女主人的言談的確使我受益不少，而她那片窗外的綠景給我的似乎更多。我感謝造物主，使我這個平凡的人能夠在一些平凡的事物中繹尋出美來。幾朵小花，一片綠影，一絲陽光，往往會使我感到最大的快樂！我從來不企望什麼奇妙、高遠的東西，我安於這份庸俗的生活，我只希望能夠達到一個音樂家所說的那種境界——崇高的庸俗。

對月

昨夕，我大開窗子，看圓月緩緩上升，如一枚熟透了的、生命的金色果實。

格外燦美的月光，使人的心靈寧靜，眼瞼跳動，世界整個的變成了一盞玻璃燈，其中閃爍著的，是那一團銀色的火焰。

昔年在姊姊的書架上，我曾尋到一位作家散文集《燕知草》，其中有一篇，作者寫的是他遷居湖濱的第一個朝晨的印象，說他當時打開樓窗向湖旁望去，大地在曉光中閃閃發光，宛如碾珠作塵。

多美妙的四個字——碾珠作塵！多少年來，它們一直在我的心中發著奇光，但直到今夕月下，我才像是明白了它的義蘊。

圓月無聲的在天上徘徊，使我不禁憶起了朗弗羅的那首〈白晝與月光〉。乃在月下，將它又重譯了一遍：

在晝間，在日午，
昨天我望見月亮
冉冉升至高空，
但是疲弱而蒼白，
好似學童的風箏。

昨天晝間
我吟過一個詩人的神秘之歌，
而那對我只是
幽靈或魅影般不可捉摸。

但最後那炎炎白晝
如同熱情般死滅，
夜色澄明而安詳，
輕籠村莊，谿谷，同山崗。

其時明月，豐盈的，
有如光榮的聖靈，
照臨於夜幕之上，
炫示它一派清光。

那個詩人的歌，
又音樂般的浮掠過我的腦際，
靜靜良夜遂為我傳譯出
它諸般的雅麗與奇秘。

黃昏

每一個日子，皆有如生命的縮影，清晨，我們喜悅的開始，黃昏，光榮的結束。

迎著向晚的天空，在敞開的窗子前我靜靜的佇立，時光的河流裏，似有晚雲輕緩的擣衣聲。太陽，這馳逐了一天的獵人，將滿袋的金箭拋入海中，似也準備和大地作別了。

「一日又過去了，這一天中你做了些什麼，你能夠說這一日有個光榮的結束嗎？」

是誰向我提出了這個問題？我一天中做了些什麼？多平易的一個題目，然而，誰能夠將它答得極其完美呢？而我，尤其無法置答。

……

一日過去了，黃昏給人的是閉幕後的感喟，猶如清晨給人的是啟幕前的振奮。在這齣生之戲劇裏，我扮演的今日這一幕，每覺不夠精彩。我未能全神貫注的演出，我這個拙劣的演員，常是忘了我的臺詞，忽略了我的動作，妨礙了整個劇情的進展。應該微笑的時候，我蹙眉；應該讚美的時候，我怨咒；應該侃侃而談時，我默不作聲，致使整個的劇情陷於混亂……就這樣，草草的結束了這一幕。

那個好性情的導演始終未露面，而觀眾也散了，沒有人為了我演出的失常而責備我。但在這黃昏，這幕落後的靜寂裏，我自己有無限的惋惜。尤其是當一隻神秘的手將那把花束遞上來時，——那一把星的花束，我惶愧得要流淚了。

我凝望著那些星星，一朵朵的小黃花，化作了七月的雨點，又幻作一些燈盞。

在星光的照耀下，在那張暗藍的大紙上，我又將整個的腳本讀了一遍，並默默的用心揣摩著我這個角色，研究著那些動作，玩味著那些對白，同時，更深深的思索著這篇戲劇根本的義蘊。

在星光下，較燈光下我了解得更多。

「好在明天還有個機會，」我自慰的想，「我一定再用全力來演出我這個角色。」

夜來了，幽悄如一支未唱出的歌。我想，我心中的那支歌明天也許會唱得比較好一些。

母親的孩子

昔年在學校時，修女們即特別指出霍桑的小說《紅字》，要詳加研讀，當時對其內容不盡了解，只覺得是一個相當動人的故事而已。最近病中枕畔，又拿這本書來細讀，比當年似乎了解得較深刻了一些，而其中那個女主角的小女兒珍珠的一句話，更使我感動不已。那童稚的口中所說的那個句子是：

「我是母親的孩子！」

多簡單的一句話，多平常的一句話！（由那小說中有悲劇身世的小孩說來，自然還另有一種意義，我們暫且不談它。）正因為它表現的是我們習而不察的真理，往返默讀之餘，會使我們覺得心底發熱，眼中發光。我是母親的孩子！如果我們每天多想想這句話，我們在思想、言語、行為上當然不會像現在這個樣子！

「母親」，這兩個字該用珠顆裝飾起來，用玫瑰環繞起來，世界上還有哪兩個字比它更美，更好，更有意義？

一天在課室中，一個學生遞給我一封信，是她的母親寫來的，囑託我特別關照她那個負笈在外的小女兒，那封簡短的信，使我感動異常，摺起了那信箋後，我抬起頭來，自幾十個煥發著春天光彩的微笑的面孔後面，我看到了一張張為兒女辛勞而憔悴的母親的臉，我乃暫時擱下講義，向她們說：「盡力孝愛你們的母親吧，天下的孩子們不盡相同，而母親們則都是一樣的，她們都有著同樣熾燃著的，愛你們的心靈，一個孩子如果只願意做母親期望的事，而避免去做引慈母流淚的事，她或他一定有了不起的成就！」她們望著我無聲的笑了，那時刻，她們每個人的心中必都浮現著那個閃爍著慈愛光輝的面孔。

都是母親的孩子！全人類都有著這相同的身分，引申開來，這是奠定仁愛最好的基石。昔日在抗戰期間，我曾和兩位同班，穿越過敵人的封鎖線奔赴自由祖國，在最後一站——那隔開晝與夜、自由與奴役的分界線——受到一個猙獰敵兵的嚴厲盤詰，我們險遭悲慘的命運。在最重要的一剎那，那個敵兵的刺刃尖鋒劃破了苓的母親照片包紙，立刻，那可怕的敵兵，竟變成了一個軟弱的孩童——遠戍異國的他，必是想到了故鄉的慈母——他無力的扔下鋒利發亮的刺刀，向我們溫和的揮了揮手——這一個母親的孩子，終於放那三個母親的孩子過去了，這是一個閃發著人性光輝的故事，使我永生難忘！

「我是母親的孩子！」多這樣的唸誦一遍，自會更加珍愛你自己，同時，更會仁愛的對待他人！

貝殼

一枚玲瓏的貝殼
在寂寞的藍燈下閃爍
像是那海上出生的女神耳飾
多年來遺忘在這裏
在燈光織起的夢中
貝殼譜出無聲的迴想曲
它憶起了海的呼喚
同海的嘆息

前些日子，有一個叫賣舊物的老婦的攤上，我看到了這一個式樣極其可愛的貝殼，遂將它以極便宜的代價買了來，擺在案頭的檯燈邊。我仔細審視著它，覺得好像在哪裏見過似的。

是的，我看見過它，在一些詩裏面，在一些故事中。當初，也許有一個流浪人，偶爾在潮退後到海灘上去散步，看到了這枚形式奇特的貝殼，迎著落日閃著珍珠般的光彩，就將它拾了起來，獻贈給他一個最好的朋友。這一件來自海上的獻物，由那受贈者微笑的接受了，並將它擺放在案頭……但終於這貝殼被遺忘在時間的積塵裏，當主人搬家的時候並未將它帶走，新來的房客自屋角撿起了它，送給了賣舊物的老婦人，終於又到了我的手中。

一枚小小的貝殼，在燈下熠熠發亮，宛如一隻含淚的眼睛，向我訴說出這樣一個幻異的故事。於是，我又拿起筆來續成了那首：

當日想是一個流浪人的手

將它自海濱珍重的拾起，
又將它殷勤贈獻
伴了海一樣的誓語，
受贈者早已忘了，
那如同海一樣的微語。
貝殼卻仍記著，
大海的美妙聲息……

夜

夜來了
在瓶中換插了一枝
黑色的鬱金香

夜來了
這著了玄色衣衫的母親
在為瞌睡的大地
低唱一支催眠的歌曲

夜，輕輕的來了，真如一個詩人所說的：「像一絲琴韻，緩緩的流向花蔭。」

我坐在窗前那把竹椅上，望著銀河畔燦爛的眾星，它們閃閃爍爍，有如藍海中發光的島嶼，任我以思想為舟，在其間來往穿行。

在群星的注視下，我像是入夢了。

我彷彿聽到了匆遽的敲門聲，同時門外像是有人在喊著：

「快些點上你的燈，出來參加我們的提燈隊吧，《聖經》中那位最高貴的客人來了，我們每個人都要提著燈去歡迎他。」

倉促中我摸尋到我的那盞燈，燈很小，我也無法得到更多的油，只將油壺中僅存的一點油全部倒在燈裏面。燈光微紅而小，如同一枚棗子，在夜風中顫顫搖搖，正是我那顆忐忑的心啊。

門外面，一個長長的提燈行列正在進行著，形成一道光之河流。一些人拿著長的桿兒上面點綴著一顆大星，也有些人提了閃亮的玻璃燈。只有我那盞小燈最為黯淡無光，雜在那些輝亮的星燈之中，宛如無數繁花中的一片落瓣，更如果園中最小的一枚果實。我怕那位高貴的客人會譏笑我的寒傖，我就將它拿得低低的，躲在行列的最後面。我更時時擔心著我的燈油不夠，因為那光焰越來越暗了。

驀的一隻發熱的手在拍著我的肩膀，我抬起頭來，是那位高貴的客人，我在圖片中見過他。他向我溫和的笑著：「我已看到你那盞燈了。」

「我的燈原是最小的，且是最不亮的一盞。」我忸怩的說。

「但是我知道，在這盞燈裏你已傾倒盡你儲存的燈油。」

我醒來了，一盞燈正燃燒著乾焦的燈心！「我願為了一個高貴的理想，而燃燒盡我自己！」我望著那盞燈默默的說。

秋

秋天有如一支歌，它迴旋在我小屋的周遭。

當我聽到這支歌時——我用我的心聽到的，而不是用我的耳朵——我就推開那新編的竹扉，走到戶外，到附近的小樹林中去採擷成熟了的果實。

林中的景象蕭疏了一些，因為昨天有一陣陣的西風在此過路，許多富於幻想的葉片，都手攜手的跟他們去旅行了，老樹知道葉子走後就不能再回到故園裏來，但是，天真的葉片自己並不知道。葉子飛去後的林子，到處是斑駁的日影，間或飄裊著淡煙，當落雨的時候，雨聲彷彿小了細了，因為葉片稀疏了——那些愛發出回聲的葉片。

在那枝條編成的屋頂下，我倚著樹身沉思著，望著十月的高空，是誰在朗誦著那首詩〈長夏留下的一枝薔薇〉？在十月的秋風裏，被遺忘的薔薇早在黃葉下憔悴了，也許她有著一個緋色的夏日之夢吧？

但是，在枯去的薔薇叢邊，那秋樹上的果子是成熟了，以芬芳的氣息，訴說著果實的喜悅與樹的驕傲。於是，我採滿了我的筐筐，慢慢的走過那陽光斜射的小徑，走回家去。金黃色的秋天果實裏，含蘊著一個綠色的春天在。

我那短短的籬牆邊，正有幾個放了學的孩子在遊戲著，他們那紅紅的小臉，就像熟透了的果子。他們正在互相追逐著，搶拾著幾枚石子。看到我回來，他們站住了，彷彿怕我責怪他們，擾亂了我小屋周遭寧靜的氣氛。

「那個女先生回來了。」其中有一個年紀較大的，約有七八歲的光景，回過頭去拉扯他小同伴的袖子，我並不在他們的學校教書，但是他們認識我，是他們姊姊的教師。

他們狼狽的撿起了扔在地上的書包，預備離去，面孔上顯出無限惶懼的神情。

我將籃中的果實拿出來，分遞到那一隻隻泥污的小手心裏：

「拿著吧，孩子們！」

「謝謝你！」最大的那一個怪禮貌的頷首。但那兩個較小的，則已歪過頭去啃食起來了。

自那一張張的小臉上，我看到的不是秋天，卻是開花的春天。

他們慢慢的走遠了，我打開竹扉，走進院子。我聽到一支歌，那歌聲和雨點一般灑在我屋子的周遭，奇怪啊，那歌聲變調了，那不是秋天的歌，而是春天的，我不是以我的耳朵聽到它，而是以我的心。

石

平時，我們只注意我們頭上的、身邊的一些東西、景象，卻忽略了我們腳下的，今天，在掃除庭院時，在小徑邊發現了幾枚石子，俯身將它們撿起來，托在掌心，仔細觀賞著。

那幾枚石子上細細的螺紋，絢麗的顏色，使我想起了山，更想起了水，當我未曾到世界上時，它們即已存在，而當我向世界告別之後，它們也仍然會靜靜的偃臥在這裏。

西洋有一位藝術家，他也是一個石的禮讚者，在一篇文章中，他說：

「在自然界中，沒有比石頭更能使我們看到更多的東西了。它們好像是特別被造成，用來報償、酬答一位有耐心的觀察者。自然界中有許

多品類，差不多在人們倉促的瞥視中，都能被收入眼底，且使人感到心悅。對於一個未曾留心細觀的人，樹木、雲彩、河流也能使他暢心悅目；但他腳下的石頭，對於一個粗心大意的人，除了做『絆腳石』之外，便一無可取……但是你珍視它並向它凝注吧，其中有著比任何自然界的景象更能助長思想的東西。」

對於石頭有感情的人，哈姆森也是一個。他在一篇作品中，曾說到屋外的那塊大石。他覺得這塊大石對他好像有一種友愛的感情，當他來往踱步的時候，大石好像在注意著他，認識他；為了這個緣故，每個清晨他外出的時候，常是喜歡多走幾步，繞過這塊石頭，像對一位好友似的，特別向它告別一番，然後，他才高高興興的出門，他心裏並且想：「我知道，它一定會在那裏等候著我回來。」

我國明朝有一位女詩人，她也是喜歡石頭的，她因聽說汾湖之中多石，遂以舟載運了一些來，她說那些石「大小圓缺，袤尺不一，其色蒼然，其狀崟然。」都非常可愛，她曾向湖邊的住戶探聽，他們也不知是什麼人當初將這些石頭留在湖中。她為此曾感慨的說：

「豈其昔為繁華之所，以年代邈遠，故湮沒而無聞耶，抑開闢以來，石固生於茲水者耶？若其生於茲水，今不過遇而出之也。若其昔為繁華之所湮沒而無聞者，則可悲甚矣。」她並說：「昔日遊宴勝跡，荒塗舊址，頹垣廢井，一並無存，獨茲石頹乎臥於湖（底之）側，不知其幾百年也，而今出之，不亦悲哉。」她將那些石頭，壘以為小山丘，蔭以茂樹，披以蒼苔，細草春碧，明月秋朗，翠微繞巔，飛花綴巖，又宛似恢復了舊觀，所以她又欣然的說，「石之沉於水者可悲，今之遇而出者又可喜也。若使水不落，湖不涸，則今埋於層波間耳。」對於一個有感情、富想像力的人，幾塊石頭也會使得她忽悲忽喜，她的文華神采飛動，使得頑石也像是有了生命，而做了襯托她生活的一個角色；而在一個故意閉起心靈眼睛的人，勝景當前，也是視而不見，在這瑰麗的大千世界中，他也只可說是妄走了一遭而已。

田園

這兩日陽光很好，是難得的晴美天氣，我拿了一柄鏟子，想將院角那株桂花移植到窗前。門鈴響了，郵差送來了女詩人的信，我在陽光下細讀著她那封描寫鄉居生活的信，有如聽了一闋田園交響曲，信文是：

昨天我將我的小園開墾了一番，在兩畦之間栽上了成行的菜蔬，想不久的將來，豆苗，蕃茄，即會在冬日的陽光下匯成一片翻騰著波濤的綠海，每逢微風過境，它們更要載歌載舞了。

聽說您也愛鄉居，但不知以前曾在田園之中待過多久？您那一雙常被墨水染污的手，也曾與泥土親吻過嗎？您可曾種過花種過草，領略那一種生命成長的美與喜悅？

我每次帶著孩子到鎮上去買東西時，要經過一道小橋，橋下的那一灣水名「急水溪」，我每次俯身下望，只看見一道平靜、燦亮，如同月光凝成的流水，它的急水溪之名，不知因何得來？我在橋上，看到水上的影子時，總會憶起內地的河川，尤其是桂林那一道江水，那峙立兩岸的群山間的幽深岩洞，常將曳著繩縴的船夫的歌聲，變得曲折動聽，宛如流水般的迴盪不已。我更記得那晨曦中的竹林，黃昏時的山坡，以及因著季節而變換的流水顏色。……這些常常裝飾了我的夢境，一朝還鄉，我一定先到那裏看看，如今，那船夫們快樂的歌聲想早已不聞了，連那照著憔悴竹林的晨曦，怕也已經褪色了。

鄉居的生活真靜，我愛熱鬧但我更愛寂靜，每天清晨，巷中的孩子們都去上學了，賣菜的老媼也過去了，將整個空間，都交給寂靜來統治。這時候，我內心的音樂就開始響起來了，我自己是演奏者，是指揮者，更是唯一的聽眾，每一個節響的正誤，我都聽得出來，我每晨至少有一兩個小時是如此度過的。呵，一個聽不見自己內心音樂的人是多麼痛苦呢？我寧願不計代價來換取一刻的寧靜。——為了使我內心的聲音清晰可聞。

近來我更少出去了，每週例行出去兩次，一次是步行十里路，到我教書的那個學校，一次便是在星期天清晨到附近那座白色的小教堂裏去，這時候，我又多聽到兩種可愛的聲音：教堂的鐘聲與學校課間的鈴聲。

也許你會說我這種生活是不合時宜的，但我知道，我天生的是應該在鄉間與山石與田野為伴的。過去我曾費了很多的力氣改造自己，希望自己能適合城市的生活，現在我明白那是勉強不來的，我如今是甘於沉埋了。在沉埋中，我的心靈將如一粒種籽，一天會開放了它的花朵，雖然那股芳香也有幾分寂寞之感，但當它向天空微笑的剎那，自有它自己的喜悅。

星的故事

關上窗子，又打開窗子，她要遨遊那星的花園。

尋夢草
開著星星一樣的花，
尋夢草，開花在夢中。

是誰呢，又在低聲的向她吟誦著一節小詩，又在向她重述尋夢草的故事？

銀河的水漲溢了。她似聽到它的浪潮拍岸，如同掠過石頭城上的風

雨；又似一群試飛的鵪鶉，河畔傳來了牠們的振翅。

是誰教給她：第一次抬起頭來，仰望星星？

是誰告訴她：那像是一口口新鑿的井，可以汲引出甘美而沁涼的水。

是誰告訴她：那是山麓人家幸福的燈光，閃爍向對岸遲歸的行人？

是誰告訴她：那更像是一點點晶瑩的淚，滴著無名的哀愁？

多少年前，她不忘到天邊尋找一些最亮的星座，因為，他告訴過她：那是他為她掛起的一盞盞小燈籠，點綴在她的窗子的深藍幃幔前。他對她說：

「起風的時候，你會看見那些燈影在顫搖。」

古城的長安街呵，那記憶的證人！春來，那一道靜靜的長街，正是掛滿綠色圖片的畫廊。在那一排排滴雨的梧桐間穿行著，他對她說：

「天上失去了星星是寂寞的。」

她答著：

「星星跌落下來，化成離別前夕的眼淚了。」

是的，梧桐的枝葉上，正在點點滴滴的流著，澀苦的清淚。

「那麼，我們何不在城根邊，多蔭涼的地方，栽植一株尋夢草呢，我正好自一個花圃覓來了一株。」

翌年，梧桐的葉子滴著春天的雨點，尋夢草開花了，搖曳在古城牆邊，多蔭涼的地方。

種植的人都走了，分走向相隔遙遠的地方。

星般的花朵閃爍著，向著沉默的古城牆，向著夜空，向著寂寞的梧桐。

星般的花朵又落了，掉在梧桐下雨點滴濕的地方，繽紛，散亂；像是一枚小小的貝殼，晶瑩，閃亮，散置在夏天寂靜的海岸，貝殼不會忘記海，海的感情，海的聲音。星星般的，尋夢草的花朵，依稀也似記得一個故事，一個屬於過去歲月的故事。

尋夢草孤獨的生長著，在那古城牆邊，它以為自己被遺忘了，連同那個變得蒼老了的青春的故事。它寂寞的開著，落著，落了的花也飛不到那扇窗子的前面，因為太遠，太遠。

在一座遠方的小城裏，一個初秋風起的夜晚，星星變得稀疏了，瑟瑟顫搖著，像是燈籠，像是掛在秋樹上的幾顆果實。一個女人在窗前，望著疏星，她拍著朦朧思睡的孩子說：

「夜涼了，天晚了，小星星都怕冷回家了，睡吧，孩子！」末了，她也和孩子一同睡著了。

她像是有一個夢，夢見她在學校讀書時的日子，夢見梧桐樹葉上的星星，梧桐葉下的雨點，還有那古老城牆邊的尋夢草。

她醒來，星星的花朵印在她的窗帘上。一個聲音，使她看見了那失去的日子：

尋夢草

開著星星一樣的花，

尋夢草，開花在夢中。

龍膽花

祝福你，眾香國中最謙遜的小花。

祝福你，色彩中最黯淡卻最動人的顏色。

不像迎春花，騎在光陰的白馬背上，做春天的先驅，你，龍膽花，卻揀那最寂寞的秋天，散步於茅屋的前邊，呢喃著的溪水身旁，路人的足步踐踏不到，落葉的腳印卻最多的地方。

你有著那麼可愛的藍色，但是藍得多麼憂鬱呢，無以名之的秋的憂鬱呵！

有位詩人說你「把天空的藍色塗在身上。」說你是「海水激濺在岸上的點滴。」那麼藍，藍得像一位異國哲人深思的眼睛。藍得像一隻手

上綰著記憶的寶石戒指。

可愛的龍膽花，謙虛的花朵，以細微的縫毛形成一個球兒，像是在初學織物的小女孩籃子邊找到的，有時候被那隻不經意的小手到處拋著，拋著……

龍膽花，記得有一位作家稱你為「甜蜜、溫和的眼睛」，你在望著什麼呢？眼睛！路邊的戲劇，抑是雲海裏的傳奇？你時而又有著快樂，時而又有著悲哀的表情。

龍膽花，我的愛寵，在你那藍色的字跡裏，我似讀到一首讚歌。

秋夕湖上永恆之歌

永不沉落的星辰——懷念母親

于德蘭

我在室內複印著母親早期的作品，她高中時代出版的第一本書《大龍河畔》。這已是孤本，雖然保存得很好，但因年代久遠，紙張都已泛黃，紙質脆薄。我小心翼翼地印著，同時望向窗外，剛剛還是晴空，忽然多了些雲層，好像快下雨了。

想到我們最親愛的母親，離開世界已經一年了，這一年沒有母親的日子真是與往年太不一樣了。想到母親曾寫過，她永遠張著母愛的傘為子女遮風避雨，呵護我們……

一生從事文學創作的母親著、譯、小說、散文、詩、評論文學共有八十餘種。她走以前仍念念不忘寫作。她的作品深富哲思，具有音韻之美，晚年更以意識流的筆法寫散文，時時創新，時時超越，給讀者帶來無限的心靈啟發。

母親的作品從五十年代以來已有多篇，如〈小白鴿〉、〈溫情〉、〈談靜〉、〈雲和樹〉等選錄進國中課本中。林海音女士曾說，四、五十年代的中學生誰不是熟讀張秀亞作品長大的。

的確，她的讀者到處都有。

記得有一年我返臺北，為母親去銀行辦事，當辦事員叫母親的名字時，旁邊有一對也是去辦事的年輕夫婦向我走來，說有位作家的名字也是張秀亞，並問我是不是同一個人。當我告訴他們，就是我的母親後，他倆興奮得很，說是媽媽的讀者，非常崇拜她，他們是中學老師。我答應回家後轉告母親，並應允會寄媽媽的簽名書送他們，連連稱謝後，他們才歡天喜地的離去了。

媽媽去世時，美國南加州十五個社團自動組織治喪委員會，除了報上新聞刊載外，我們家人也刊登啟事，為母親向親友及讀者們告別。報社辦事人在電話中說他從小就是母親的讀者。我們啟事上聲明婉謝花及任何其他一切禮，雖然後來仍是許多朋友及團體送花，我們十分感謝。母親生前愛花，我們每個子、女、媳、婿及孫輩們均訂了最漂亮的花給母親，放在教堂。我們的花加上近親送的，當時分別由二家熟識花店及一新花店所做的。當我們甫進新花店時，中國老闆夫婦馬上問是不是給媽媽的，他們看到了新聞，並已將報紙留下，他們說：久仰母親大名，為了表示敬意，他還加送了給家屬及工作人員的襟花三十個，老闆並親自護送那些花到教堂再至墓園，為保持花的美觀。

我們依朋友們的意見，以媽媽的小詩做成書籤贈送給來參加追思會的來賓朋友們，印刷廠的人也熟識母親的名字。

這些平日不易接觸到的人都是讀者，足見媽媽的作品影響深遠，正如名評論家何欣先生在一篇文章中說：

「凡有井水處，皆歌柳永詞」來形容母親的文章擁有廣大的讀者群。他並且提到「像秀亞女士那樣以文章而不以其他方式獲得那麼多讀者的作家，無論如何在今天並不多。」

我們也以母親雖然智慧卻謙遜、真純的個性為榮。

母親晚年因受關節炎之苦，出門不易，但她偶爾外出辦事時，別人認出她名字後，總會圍了一堆年輕讀者。母親的親切、幽默話語總引得大家樂不可支。有幾次小讀友女孩甚至要求她暫時不要走，她們跑到附近花店買來大把鮮花獻給她，謝謝她寫的清麗作品給予讀者的享受。媽媽每次見到讀者的真情反應都非常欣慰，她也十分珍惜這份作者及讀者之間的情誼。

母親去世後，去年八月美國國會為表彰母親的著作及翻譯文字對中西文化交流之貢獻，特將母親的生平列入美國會記錄，此乃我國作家的榮譽。

關於母親的作品，散文大家陳之藩先生說母親的散文「有振衣千仞崗的清新氣概……每當煩憂欲死之時，……一讀之後就覺一切煩憂滌蕩無餘。」這也是許許多多讀者的感受。陳先生給母親的信上曾說：「很希望你在一池濁水裏撒下一把明礬，清澄一下泥沙……」這是當年他對母親這位至友在文壇上寫作的期許。多年前余光中先生在中副上曾稱陳先生為「張秀亞迷」。

去年母親棄世後，在洛杉磯、紐約、臺北都有紀念會，當時情況及母親最後一程的回憶，我曾在二〇〇一年八月二十一日《聯合報副刊》上寫了一篇〈甜蜜的星光〉，並經北美《世界副刊》轉載，有些細節，我就不多述了。

在臺北的紀念會上，名編輯詩人瘂弦先生的一篇講詞，譽母親為當代美文大師，他給我的來信上提到他很高興他是第一個說的，而這個稱頌很多人有共鳴，同樣的來稱呼秀亞先生。他還說：「我的肯定令堂是負責的，百分之一百有歷史根據的，絕不是溢美之詞。」瘂弦先生的文章中談到：

「張秀亞的作品是反映一個時代的心靈，她為農業時期交替的臺灣，畫了一幅幅美的畫像。」他又說：「張秀亞作品中的山，是沒有土石流的山，她寫的水，是不曾污染的水，她描述的原野，是翻飛著白鷺鷥的原野，她筆下的城市和農莊，是一個充滿了愛和溫馨的世界。……她的散文，是臺灣永遠的田園牧歌。」他寫得多美啊，令人感到身臨其境，進入母親的作品中了。

母親為人仁厚，一生熱愛獻身文學，愛大自然，她愛孩子，愛人。

綜觀母親的一生，同樣的生活，若換旁人可能成了唱不出曲調的悲歌。但她不但能由憂苦中站立起來，並轉而以環境的歷練使自己更堅強，以淚水化成文字的珠玉轉而成為文字的力量，鼓勵，撫慰了無數人的心靈。

我哥哥及我的同學朋友來家裡，她都喜歡，同學們來住，來吃飯她都歡迎。上次回臺，路上遇舊友，談及去我們家，媽媽包餃子的事，因許多人來過，我們已不記得了。媽媽記性好，我們幼時同學講過的話，多少年後她都記得，她總是看到每個孩子的可愛，我們的好友都喜歡她。媽媽手很巧，我們小時，她還會用麵蒸成小白兔、小動物，用紅棗嵌上做眼睛，又漂亮又好吃。

母親是慈愛偉大的母親。小時候我就感到她和其他的母親不一樣。她平日很忙，忙寫作，忙教書，忙收信，忙寫信。五十年代的臺灣炎夏，別人家媽媽都坐在門口乘涼聊閒天，我從未見媽媽坐在門口，她總是揮汗如雨地在她的「北窗下」寫作。

當時她常給《中副》寫稿，有次她寄稿子到臺北，將稿紙捲成筒狀，貼好投郵。那時快過年了，《中副》主編孫如陵先生寫信給媽媽說：「謝謝您寄來的香腸。」過一陣子媽媽下一篇文章就將稿紙鋪平放在信封中，並附一紙寫道：「今寄貴府一個板鴨。」可見文友們之間是十分幽默有趣的。

媽媽喜歡有文化城之稱的臺中，她曾說過，在臺中的一段日子是我們母子女三人最快樂的一段時光。

有次我們母子三人由教堂走回家，那時我們上小學，哥哥看到媽媽牽著我們一邊一個在地上的影子，說：「媽，我們三個人像個『小』字。」微小的二個孩子啊，就靠著母愛呵護著長大。

通常週日我們坐三輪車去教堂望彌撒，然後媽媽去《中央日報》臺中分社領稿費，再帶我們去書店買書，有時也買英文的兒童書。再去買唱片，上初中時我們選熱門音樂唱片，媽媽就買中、外藝術古典音樂唱片。最後去麵包店買些我們愛吃的西點回家。

母親寫的一些書如《北窗下》、《牧羊女》、《湖上》、《凡妮的手冊》、《曼陀羅》、《三色堇》……這些曾經暢銷一時的書都是在臺中那日式小屋中完成的。

有一段時間媽媽常要北上開會，因此寫了一組信給哥哥，名為〈給山兒〉，刊在報上。沒想到有一天當時的教育部長黃季陸先生，忽然光臨，他的黑頭車停在窄巷中，引來眾多小朋友圍觀。早年臺灣街上很少看到汽車，當大伯父于斌樞機主教由國外回來，到臺中時來看我們，汽車停在門口也引來小孩們觀看，很是有趣。就連當時光啟出版社的雷煥章神父（甲骨文專家）來談出版事情，嶄亮的摩托車在門口也引來好多小孩圍看，當年樸實的臺灣與今日之富庶人人均為有車階級差別很大，民風也差很多。

黃先生原是為了母親寫給山兒的一組信而來，身為教育部長為了下一代學子們的教育，移樽就教問作家是否平日照信中的道理教導小孩，這份誠意，令人感動。後來他的千金好像在靜宜英專（靜宜大學前身）就讀，巧又做了母親的高足。

我高二那年，哥哥于金山考取臺大經濟系前三名，媽媽又應聘到她母校（輔仁大學甫在臺北新莊復校）教書。我們又舉家北遷了。（在小學之前我們住臺北金華街，一幢母親翻譯厚書《聖女之歌》的譯費所典的小屋，也是我們臺灣第一個家。）

到了臺北，我們住在安東街。有一天在臺北火車站前，我那「經年在外」的父親送我上車。人聲車響鼎沸，真是車水馬龍，嘈雜至極，而我卻清晰地聽到他對我說：

「妳媽媽的文章是寫得最好的。」那年媽媽得了首屆中山文藝散文獎。

然後他談到母親存書多，要我告訴媽媽可以用磚頭和木板堆成克難書架放書，並囑咐：要好好孝順媽媽。

當時我心頭感受很多，看到父親英俊的臉上竟也有些許滄桑與無奈，又感慨又困惑，有很多問題想問，畢竟當時年紀輕，不知該如何啟口。一直到現在臺北火車站前那一幕仍清晰可見。

我前面提過母親喜愛音樂，也鼓勵我們接受音樂薰陶。她自己是學文學的，卻常說音樂造化人心的力量是太大了。

很奇妙的是當時在美國南加州籌辦媽媽追思會的朋友們問我，有沒有媽媽喜歡的曲子或她自己填的歌詞。她喜歡的曲子很多，巴哈〈聖母頌〉來送別母親比較合適。我記得曾有一首母親寫的小詩〈貝殼〉譜成了歌，另外就是媽媽文友鍾梅音女士喜歡的，後又由名作曲家黃友棣先生譜成的〈秋夕湖上〉。母親當時很高興她的小詩〈秋夕〉譜成了曲，她曾說過那首曲子唱得好不容易。二〇〇一年七月十四日在洛杉磯的追思會，匆忙中找不到適唱的人，即使有人願意唱也來不及練習，因此就將詞曲均印在紀念手冊中。同年同月二十八日在紐約的紀念會上，哥哥請了歌唱家毛方鑫女士獨唱這首〈秋夕湖上〉，美極了，臺下感動頻頻拭淚。同年十一月由臺北輔仁大學主辦紀念會的主任又問我有沒有〈秋夕湖上〉的詞曲，他們也將之印進了紀念本子裡。

這樣奔走了一圈回來，有天接到媽媽小友樸月的電話，說有位花腔女高音陳明律女士新錄了唱碟，唱的是黃友棣先生的藝術歌曲，是由黃先生數千首中選出了二十一首，內有媽媽作詞的〈秋夕〉。不久後收到陳女士及其夫婿寄來的唱碟以及多片其他她錄製的CD。

我一邊聆聽其優美嘹亮的歌聲，一邊想著世上的事情是多麼的奇妙啊。媽媽這首詩只是她許許多多作品中的一首，而這首詞譜成的曲子，就如同媽媽的愛隨著這首優美旋律護送我們由加州到美東到臺北再至加州，護衛著我們紀念母親的一路行程，保佑我們平安圓滿達成。

我望著壁上媽媽清麗脫俗的毛筆手跡，抄錄她寫的這首小詩：

今夜我泛舟湖上
水面是一片淒迷
只有零落幾點白露
悄悄的沾溼了人衣

為了尋覓詩句
我繫住了小船
螢蟲指引我前路
微月如一片淡煙

山徑是如此清冷
林木間蟲聲細碎
何處飄來了一絲淡香
可是夏日留下的一朵薔薇

「可是夏日留下的一朵薔薇……」餘音繞樑，這詞、曲、唱的完美三重組合，整曲令人沉醉其中。

母親一生淡泊，她與世與人無爭，只是自我要求「明日的我比今日的我更好。」媽媽走前念念不忘的仍是寫作。

媽媽是個念舊的人，她很想念國內的文友及讀者們，她也十分想念她院落的黃蟬花和冬日的聖誕紅……

余宗玲阿姨和我說，臺北《文訊》雜誌社及寫作協會主辦的紀念會辦得很好，但多是談母親的文學成就，可惜沒有談到母親平日為人的寬厚及溫婉。也許她的文學造詣要談的篇幅太多，以致於無法提及其他，這點希望將來為母親寫傳的作者可以補足。有人說母親「幾十年用墨水匯成一道長流，浩浩蕩蕩的流過中國文學史。」母親的確全心全意地從事寫作。

母親的慈愛仁厚，對我們十二萬分的呵護愛心，她的真誠無偽，勇敢堅強，她文雅的氣質及十分可愛的童心，她忠於信仰的虔誠，她作事的認真……她一切的美德都是我們的榜樣，也是我們一生忘不了的。母親的一生像一首高尚優雅的曲子，她又像是在美麗清幽的夜空中的一顆巨星，一直照耀著我們，她是我們心中永不沉落的星辰。

原載二〇〇二年八月《中外雜誌》

甜蜜的星光——寄給母親

于德蘭

親愛的媽媽，您離開我們及您熱愛的世界後二日，我們大夥兒傍晚時去散步、解悶，哥哥指著夜空說：「媽媽現在在天上了！」我往天一望，看到眾星環繞成圓圈，瞬時間，我感到我們對您的思念與愛都變成了小星星環繞著您，永遠做您周圍「甜蜜的星光」（您的句子）啊。

您一生獻身文學，今年五月四日文藝節，中國文藝協會頒您終身成就獎章，您因身體不適，不克返臺，想不到竟在五四那天入院治療肺部積水。這個巧合，印證了您從中學「小亞子」（您中學同學對您的暱稱）

時代一直到人生最後一程均是與文藝有關的。去醫院之前您還說，您仍有二個短篇及一個長篇要寫，您一生念念不忘的就是文學，現在您書桌上仍有未完成的小詩作，看了多麼令人心傷！

您是位最慈愛體貼的母親，在您住院將近二個月的時間裡，哥哥由紐約請長假來陪侍您，他擔心您的病情，竟緊張得心臟不適，二次急診入院，我們當時不敢告訴您實情，而可能是母子連心吧，他第二次出院來看您，他還預備次日回紐約料理一些公事，向公司請長假再回來陪您，沒想到您不想他離開，在前一天的中午就在子、女、孫輩圍繞下平靜、安詳地走了，在睡眠中走了，像個天使般的容顏，但我們寧願累些也捨不得您走啊。

記得您住院期間，有一天晚上，夜深人靜，我一個人走在醫院的長廊，只聽到自己的腳步聲，當時真希望我只是為了來走長廊的，而不是來醫院看我可愛可憐的母親在加護病房裡。但走到走廊盡頭我必須拐彎走到病房，面對現實。您睡著，我拉把椅子坐著陪您，護士們好心問我椅子舒服嗎？要不要回家睡？我搖搖頭說很舒服。我想起了在我高三的時候，上、下學要轉好幾趟公車，每天放學，下車就看見媽媽坐在安東街巷口西點麵包店等我回家，您還想向店東租用小板凳，老闆說：「沒關係，您就坐吧。」媽媽為了答謝，就每天買許多吃不完的麵包回家。一直到我們長大了，我上了輔大您還是等。您常和我說：「我一輩子就是在等，幼小時等在外縣市做縣長的父親，後來等長我六歲的哥哥上學回家，結婚後等丈夫，再等兒等女，現在又開始等孫子了。」媽媽，您以前每次等著護送我安全回家，這次我也等您健康起來和我一道回家，您怎麼就不應了呢？

您不是還有許多文章要寫嗎？要給我的畫題字嗎？答應寫字給小友們嗎？前一陣子，有學生送給您徐志摩、林徽音故事的錄影帶，您看了沒多久就說，現在可能見過林徽音的人不多了，您說會寫一篇當年隨沈從文、蕭乾見到林徽音的情景，我就央著您：快寫嘛！快寫嘛!!您說等這陣子過去再說。您曾提到林徽音是上天用「工筆」畫出來的，有人的則是「寫意」，這幽默的說法令人莞爾，但誰又能替您接著寫下去呢？

我們幼小的時候，因為戰亂再加上環境因素，父親對您的不忠實，又有外力蓄意破壞這個幸福的家，使您長期慈母兼嚴父艱辛地教養我們長大成人。您天性純良加上宗教信仰的堅定，隱忍著一生，固守著殘破的婚姻，毫無怨言。您將內心的一股力量，化成文字的珠串，帶給萬千讀者無上的心靈享受。做您的孩子是有幸的，您有取之不盡、用之不完的母愛為我們遮風避雨，盡全力保護人間稚弱的二個！但後來回想起來，一位才華兼備的年輕母親，原來是多麼需要受保護的，但您犧牲了青春歡樂，適當地抵擋了多少人與事？為的就是一對兒女。母親，我們感激您並深深以您為最大的榮耀。

前些天小民阿姨寄來一些文友追念您的文章。尤其在臺中的那段日子文友往來甚多，可能也是您一生中寫作最豐富的一段時間。您的詩人老弟瘂弦先生今年春天給您的信上寫道：「秀亞姐，您應寫本文學生活回憶的書。光復後的台灣文壇，您同海音是拓荒者。」可惜林阿姨現在也病了。您常常津津樂道文友們的交往情形，也未來得及記錄下來呢。最近我收到一篇桑品載先生寫他當小兵時因崇拜您，帶著大西瓜，千辛萬苦去看您的事，很感人，只是當時他看到的胖女娃，大約是七、八歲的光景，應該是我吧。五〇年代，您當時在臺中任教靜宜英專，著作甚豐，當時臺灣生活並不富裕，但人人都感到有希望，生活也算愉快。記得我們家是竹籬門扉，白天大門好像都沒關過，每天都有川流不息的訪客，作家阿姨們由臺北來，幾乎個個都來過，後來都成了好朋友。有時是老師帶學生來臺中旅行，重點訪問是：看張秀亞女士。媽媽曾講過當時詩人余光中帶著新婚妻子到臺中度蜜月，怕旅館被子不乾淨來借被子，媽媽笑著說正好哥哥有一床新洗曬好的被子給他們用呢。陳之藩夫婦也來，陳之藩先生當年常常寫信鼓勵媽媽，是寫作上之諍友。林懷民還是中學生時也來過幾次。楊牧是在東海大學「葉珊時代」來訪的，當時有位大專指導司鐸雷煥章神父很欣賞他，介紹來看媽媽的。詩人方思、白萩等人也常來，至於公孫嬿、黃守誠（歸人）舅舅及鍾鼎文伯伯，章君穀等位到臺中也都會來與母親談文說藝。至於當時在中興大學的學生社團領袖高希均曾來多次請媽媽去中興演講，他後來成為國內有名的經濟學家是令人非常高興的事。在臺中本地的文友們有張漱菡、孟瑤、繁露等阿姨們，楊念慈、徐復觀、張研田夫婦、李霖燦等位也常相聚說文，琦君、沉思姨也來臺中小屋住過。這次在紐約媽媽的追思會上趙淑俠、趙淑敏二位及張菱舲也來了，淑俠女士談起在中學時代也來看過媽媽，她說那時我才三、四歲吧，菱舲姐還給您獻了詩。臺中陳其茂、丁貞婉夫婦送小貓來的事，您似寫過。記得有一次文友郭良蕙來訪正逢雨天，家門口搭了塊木板當橋，那天她穿了白色大圓裙上有綠的圓點，媽媽說是雨中的美景呢。韓國漢學家許世旭、趙婉真當時是年輕學子也常來看您請教。幾次您去臺北開會，當瓊瑤（陳喆）還未寫《窗外》時也曾到師大教務長宗伯伯、宗姨家來看您。聶華苓、陳曉薔在東海任教，邀您去遊東海的夢谷，記得嗎？還有好多文藝界的編輯、朋友們均來往頗多。

至於讀者們的信，回都回不完，還有些小讀者從外城坐夜車來，丟下自己手做的小禮物在院子裡，有的只望一望窗戶看看窗簾，回去後寫信來：「知道心目中崇拜的作家寫作的地方就心滿意足了。」那時，通信的文友也很多……媽媽常常懷念那段忙碌卻單純可愛的時光。

輔仁大學在新莊復校後，大伯父于斌樞機囑您一定要回母校教書，當時哥哥金山剛好高分考上臺大經濟系，搬到臺北，您常對我高三還要轉學感到歉疚。哥哥在紐約大學碩士班全A畢業您高興，我在輔大寫篇小稿上了報您也樂，您真是全心全意疼愛欣賞您的二個孩子，尤其最喜歡敘述我們小時候種種媽媽心目中「可愛」的事情，百談不厭的。

您一生是享受讀書，享受寫作，也可說是苦中有樂吧，您真是為了趕四面八方的稿債，日以繼夜地寫，還和友人幽默地說：我趕稿子時是立體電扇（一面冷氣，旁邊大、小電扇），加上臺灣天氣潮溼，住處靠水邊，也是後來您患關節炎的主因。

到了臺北後，文友阿姨們常常聚會，除了慶生會外，在沉櫻阿姨的小屋，有林、劉、張、潘、王……等阿姨們常聚，現在想想似乎耳畔還聽見您們嘹亮的小女生似的笑聲呢。您還有幾位煲電話粥的朋友，一講幾個小時。我真的有時好希望時光能停留在那段時間，我們上大學，媽媽還不老，可以和我們逛街，門無俗客，家有藏書，多麼美好！

您平日對人真誠無偽，對辛苦的人尤其體貼，如對工讀學生、給您買菜的女士、計程車司機、賣菜小販均慷慨大方，自己樸實無華，嚴己厚人，所以大家都愛為您服務。記得一次回國為參加大伯父升天十週年紀念會，事前去做個頭髮，給我洗頭的人說：「妳媽媽就是那種久不見面會讓人想念的那種人，她每次去美國，我們都好想她。」

關節炎十年的痛苦，您就忍著、受著，最大的損失可能是讀者們了，您仍是寫，但少得多了。一天，事情終於發生了，您跌在地上一天一夜未曾進食，給您買菜的鄰家女工說：「張老師講信用，和我約好絕不會出門的。」叫門不開數次後，她二次去警局硬把警察給拖了來，破門而入，救了媽媽，當時也驚動了鄰近的孫如陵伯伯、呂阿姨、王主任幾位，樸月、漪曼姐姐、哥哥同學等人。媽媽平日對買菜的老太太體恤慷慨，使她救了您一命，謝謝天。哥哥當天、我隔日由美趕回，馬上送您去耕莘醫院檢查，王藍舅舅一家人來相勸，一定要動關節手術。消息也上了報，不得已，您只有答應去臺大醫院接受治療，為您主治的骨科權威名醫劉華昌醫生也是從小看您文章的讀者，使您更安心接受該做的關節手術。醫院中掃地的小女孩常來看您，還告訴您她的戀愛故事請您寫呢，您見到讀者可是開心得很。

您是位溫文爾雅而內心勇敢獨立的女性，愛我們卻不想依靠我們，但經過這一次「事件」，不得不跟我們來美國居住，和我們共度了七年時光。在這段日子中，您仍常常寫小詩、短文，寄卡片並和國內文友們通信甚勤。我外出時，您從不願我在外多逗留，但有時會央我買點漂亮卡片，好寄給朋友們。我不敢自誇是世界上最好的女兒，但每次我挑回漂亮的卡片來「獻寶時」，您就好高興地說：「我的女兒把世界上最漂亮的卡片都買回來了。」我永不會忘記媽媽那高興、不失赤子之心的表情。

您走後，我收拾您的書桌文稿，看到好多未寄出的卡片，媽媽不會再寫卡片給文友及阿姨們了，卡片再美又有什麼用呢？媽媽，我的眼淚滴在畫片上，一張張卡片，全都成為「雨中即景」了，您知道嗎？

但每次想到您因身體多種功能衰竭，醫生們暗示我們好多次，但一次次奇蹟似地您又好了。二個月，您給了我們二個月的心理準備，雖然我們仍然準備不了，您走時，那麼平靜、安詳，是在睡眠中走的，像個天使，我們又怎能不感謝？

您在病中常常說的三句話：「感謝天主。」「我已準備好了去見天主。」「我寬恕一切。」臺北狄剛總主教特別來信提到這幾句令人感動的話。這代表了媽媽的謙遜、純潔、仁愛、大仁大義的基督徒精神，足堪我們的典範。

七月十四日追思禮由賀人龍神父主祭，滿而溢神父證道，楊神父共祭。您的代女喻麗清，淚流滿臉追述您對她一生三件大事的影響——文學之門的開啟，以及為您接受了宗教信仰，她一直想告訴您的一句話就是：「謝謝您。」加州大學長堤分校李三寶教授是從小看您書長大的，推崇您是文壇最亮眼的一顆星，雖殞落了，但美文仍長留人間。怡之阿姨講您「小亞子」中學時代受老師寵愛的情形，您當年是多麼頑皮可愛又無憂的小女孩啊。哥哥致詞感人至深，令人落淚，您的孫輩們個個又是多麼愛您哪。大伯父于斌樞機生前也誇您勞苦功高，是于家唯一的賢德弟媳。還有許多致詞都非常令人感動……

七月二十八日在紐約的追思禮也是盛大感人，有八位神父做彌撒。紐約州長致唁，市議員高登頒褒揚狀給您感謝您的許多譯作，促進國際間的文化交流。宋稚青神父以「永恆的花季」讚美您充滿藝術的一生，臺北經文處處長夏立言當天也代表輔大校友以雙重身分來致詞。紐約州長的華裔助理譚順熙致詞時說他來參加追思前，他的母親告訴他，她也是母親的讀者。高登議員說：「在場參與的人，沒有一雙眼睛是乾的……」足以想見溫馨感人的情景。

在天主教聖保祿瞻禮那天，您安逝主懷，這不又是個奇蹟嗎？我們雖萬般不捨，但我們仍感謝上主恩賜給我們一位偉大慈愛的母親。現在只好祈求能得到更多的智慧去接受我們所不能改變的事實，如總主教說的要學習您的榜樣勇敢前行！

您走後，國內國外許許多多文友，大、小朋友都懷念您至深，惋惜流淚，不論識或不識都真情流露，道出您的文章給予他們在人生道路上的啟發。我相信許多人如有機會表達，每人的感受，都是一段段感人的篇章。臺北文藝界朋友們正籌畫為您辦追思會。您這一趟人間行沒有白來，您在世和走後一切的榮譽均是水到渠成，我自我安慰的想，如同您純摯樸素的本性，而您得到那麼知音的共鳴也值得欣慰了。您美好的文字永遠留在人們的心中，您和藹慈愛的面容我們永遠忘不了。媽媽，您太累了，您好好休息。

原載二〇〇一年八月二十一日《聯合副刊》

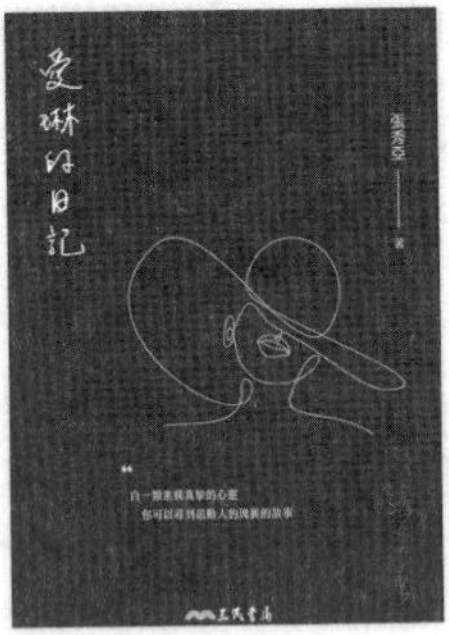

愛琳的日記

張秀亞／著

本書記錄張秀亞女士在臺中生活的點點滴滴，以及對文藝創作的看法。作者以優美細膩的文字，在筆端燃燒內心的熱情，並擁抱生活和大自然的愛與純真、追求人生深邃的真理、領略不平凡的感情與崇高的意念，發現人性的真、善、美，漫溢在這紛紛擾擾的人世間，感動你我的心。

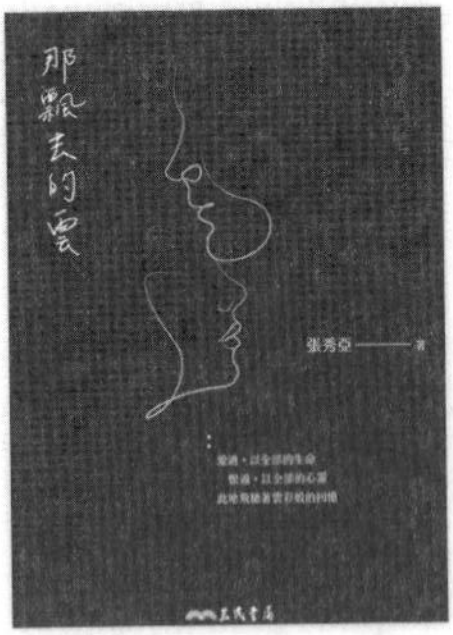

那飄去的雲

張秀亞／著

本書收錄十六則小說，捕捉縹緲的情愛絮語，或憂或喜，都在傾刻流洩的一念之間；描寫稚子翻騰真摯的小小願想，晶瑩動人。筆鋒融合東方抒情傳統與西方現代主義風格，對細節的捕捉、幽微氛圍的營造極其敏銳，從她的筆端真誠不矯的映射出「每個人心中被愛情五味酒浸透的歲月」是如何「掙扎著站了起來，跨出了夢境的門檻」……

我與文學

張秀亞／著

你是否終日為生活所需而忙碌？你有多久不曾留意身邊的人事物？「美文大師」張秀亞女士以美善的心靈、細膩的情思、優美的文字寫成這本《我與文學》。它將開啟你的心靈，讓你以新的眼光來看待身邊的一切，發現日常的美麗輪廓。

寫作是藝術

張秀亞／著

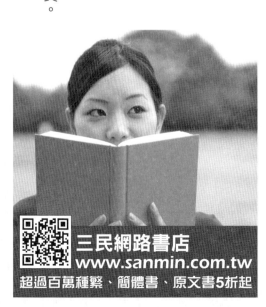

作者以其得意之筆，寫她對寫作技巧的分析、對我國文學優美傳統的闡釋，以及在文學藝術上的深刻見解，更有她意境高遠的抒情寫景的絕妙散文，詞采清美、光芒四射。欲體會人生哲理，諳習寫作要旨，提高生活境界者，不可不讀。

國家圖書館出版品預行編目資料

北窗下／張秀亞著.——初版一刷.——臺北市: 三民，2021
面；　公分.——（張秀亞作品）

ISBN 978-957-14-7011-5（平裝）

863.55　　109017497

張秀亞 作品
北窗下

作　　者　張秀亞
責任編輯　王姿云
美術編輯　黃霖珍

發 行 人　劉振強
出 版 者　三民書局股份有限公司
地　　址　臺北市復興北路 386 號（復北門市）
　　　　　臺北市重慶南路一段 61 號（重南門市）
電　　話　(02)25006600
網　　址　三民網路書店 https://www.sanmin.com.tw

出版日期　初版一刷 2021 年 6 月
書籍編號　S811710
I S B N　978-957-14-7011-5